小岛尘事

欧阳鹭英 著

海峡出版发行集团 | 鹭江出版社

2018 年·厦门

序 一

随着申遗成功，"鼓浪屿"再次成为热门话题。身为鼓浪屿人，对早年鼓浪屿的一草一木都怀有情感，尤其是年少时的那些人那些事。申遗时所讲的话题多为对精英人士的专述，不起眼的小人物却少见笔端。每个时期都有小人物，老舍笔下的小人物早为人们所熟记，这些人或为弱势群体，或生活在社会底层，游离于主流社会之外，比一般人生存得更不易。社会的发展进步很少与这些人联系在一起，但他们却真实地生活在一个时代里，在人们日常生活中。

欧阳女士生长在鼓浪屿，在鼓浪屿申遗过程中，她有许多文章见诸媒体网络，作品为广大读者所喜爱。她在参与鼓浪屿口述历史撰写的同时，并未忽略对生活在底层社会一些边缘人的关注。凡生活在那个时代的鼓浪屿人，这些小人物时而在路上遇见，时而又有他们的什么传闻，无论是虚是实，他们常常成为一代人茶余饭后的谈资。

为还原这些人物的生活原貌，欧阳女士做了大量专访，她对人物个性进行深度挖掘，以温润的笔触展示了他们的生存状态，真实而细腻地再现了这些人物的生活方式。如今这些文章已编辑成册，名曰《小岛尘事》。这些小人物又将栩栩如生地呈现在读者面前，为人们了解鼓浪屿的人文提供了另一种视角。

小城故事多。鼓浪屿的任何一个触点，都能唤起一代人的记忆。小人物是时代生活的点缀，时代的大背景也会折射到他们身上。这些人物展现了社会的多样性，而多元与包容也恰是鼓浪屿人文文化的主要特点，读者可借此了解社会的另一层面，了解平民百姓的生活和追求。《小岛尘事》的出版发行，无疑丰富了读者的视角，成为鼓浪屿历史记忆的一部分。

林　航

二〇一七年十月二十八日

旧时鼓浪屿港口风貌

序 二

前阵子，欧阳忽然致电于我，拟把在"鹭客社"微信公众号上发表的几十篇作品结集出版，我欣然表示支持，并建议其书名为《尘事》。尘事者，尘俗之事，其实就是平凡、细微，容易被忽略的事物。"鹭客社"微信公众号自二〇一五年五月三日创办以来，即专注于挖掘此类与宏大事物相左的尘俗之事，而欧阳无疑是此中翘楚。作为一位地道的鼓浪屿人，欧阳在解读鼓浪屿方面得天独厚。我曾鼓励她尽量用非虚构的方式，深度切入鼓浪屿的往昔，探幽发微，做鼓浪屿的"契诃夫"。两年里，欧阳埋头书房，笔耕不辍，果真创作出了大量非虚构作品，在"鹭客社"的读者中好评如潮，尤其是《臭贱姑》《顾啊》《铁人》《阿肥再会》等篇，诙谐真切，刻画入骨，堪称经典，勾起无数鼓人之乡愁。此集是"鹭客社"第一部作品集，意义重大。此前我曾见过不少关于鼓浪屿的书籍，多是聚焦于建筑或豪门，唯独欧阳之书，书别人所不书，言别人所不言，首开鼓浪屿平民化写作之先河。幸甚。

林鸿东
二〇一八年一月八日

目 录

第一辑：故人与往事

结婚照背后的故事……………………………（3）
亚热带引种场的辛酸史………………………（8）
绅士疯子"阿空"………………………………（13）
百毒不侵"臭贱姑"……………………………（17）
"顾啊"来了……………………………………（22）
活广播"铁人"…………………………………（27）
再会糖果饼店…………………………………（31）
英语老师吕良德………………………………（35）
小莺……………………………………………（39）
阿勇的童年……………………………………（43）
鼓浪屿的"北贡"………………………………（47）
印尼番婆热蒂的故事…………………………（52）
林家鱼丸担子…………………………………（62）
一个老邮递员的故事…………………………（67）
先生郑南辉家史………………………………（73）
杂谈鼓浪屿人的举止、仪表…………………（83）

第二辑：与昨天对话

鼓浪屿的洋货店………………………………（89）
风行照相馆……………………………………（93）
黑猫舞厅及其他………………………………（98）

闽南圣教书局始末……………………………………（102）
厦门精神病医院………………………………………（110）
协和礼拜堂……………………………………………（115）
鼓浪屿延平电影院……………………………………（119）
厦门海堤………………………………………………（124）
一条小船背后的故事…………………………………（130）
与昨天对话……………………………………………（133）
漳州路四十六号………………………………………（142）
解放初鼓浪屿轶事……………………………………（150）
七十年代出境潮………………………………………（155）
学工，学农，学军……………………………………（160）
难忘"天公假"…………………………………………（165）
阁楼……………………………………………………（168）
装天线的年代…………………………………………（172）
游泳与骑车……………………………………………（176）
桃花盛开的仙岳村……………………………………（180）
话过年…………………………………………………（184）
听何丙仲"话仙"………………………………………（189）
你吃过牛奶煮面线吗？………………………………（193）
十四岁那年……………………………………………（196）
回忆亚细亚火油公司…………………………………（200）
壁炉，百叶窗，沙发…………………………………（205）
鹭英，我们曾经拥有漳州路四十六号………………（210）
后记……………………………………………………（217）

第一辑：故人与往事

结婚照背后的故事

外婆与外公于一九二九年在印尼爪哇岛结婚。从照片上看，新郎新娘穿着整齐考究的西服与婚纱，只是照片上的新娘似乎在生气，丝毫看不出有喜悦心情，新郎谢顶，年龄看起来比新娘大。我猜测这一定不是你情我愿的婚姻。

后来听外婆说，外公原来看上的是她姐姐，可姐姐不喜欢这个唐山①老男人，跟她的父亲耍赖，说自己已经有了相好的，非要退了这门亲。可外婆的父亲已经收了唐山人不菲的聘礼，他不想退回。于是，偷梁换柱将自己第二个女儿推给了唐山老男人。老男人捡到了便宜，外婆那年刚满十六岁，外公大外婆整整一轮，尝到老牛吃嫩草的滋味。

外公祖籍是福建厦门，早期跟人家一起下南洋，在印尼开了洗衣坊和杂货店，

作者外公外婆的结婚照

---

①唐山，海外华侨对中国的称呼。

积攒了些钱后，就想讨个漂亮的南洋女子为妻。一次，外婆的姐姐到食杂店买东西，外公被这位南洋女子的外貌倾倒，在找零钱时用食指重重地划了下女子的掌心，外婆的姐姐害羞地跑了。外公经过打听，终于找到外婆家，外婆家兄弟姐妹多，经济条件不是很好，她的父亲看到外公小有资产，且出手大方付了聘礼，就爽快地同意了这门亲事。

外婆在十八岁时生了一个女儿，由于年轻没经验，孩子出生后不久就夭折了。几年后，外婆先后又生了一对儿女，外公请保姆专门照看孩子，他们就是我的舅舅和母亲。婚后的外婆过得很滋润，可以说是过着衣食无忧的日子。二十四岁那年，外婆随外公回唐山。四年后，外公因病去世，二十八岁的外婆成了寡妇。

母亲与父亲于六十年代初结婚，那时中国正处于困难时期，全国人民吃饭都成问题，婚礼怎能奢华？母亲跟我说，当时的婚房就是医院的宿舍，由两张单人床合并一起，双人的床单一铺就算是婚床。他们没有拍婚纱照，只有合影，一个是新烫的头，一个是刚理的发。

婚宴办在医院食堂，算是来一次集体大改膳，费用医院负责。来宾除了双方几

作者父母的结婚照

4

位亲戚外，多数是医院职工。没有彩礼也没礼金，同事送的礼物最贵重的是玻璃杯和花瓶，最便宜的是剪纸、对联。他们结婚穿的衣服是在典当行里买来的布料，经过缝纫师傅加工而成。皮鞋也是典当行的二手货，轮胎底，很结实，不容易磨损，至少穿到我上初中时他们还没丢弃。

我结婚的时间是一九八七年的元旦，当时，厦门有几家照相馆开始拍婚纱照，有名的有华夏婚纱摄影和鹭港婚纱摄影，我选择到华夏拍。下班之后我跟我先生约好到照相馆见。服务员在临下班时突然来了客人，一脸的不高兴。她将橱窗打开，由我自己挑婚纱，那些婚纱看起来都不圣洁，灰蒙蒙的，好像有一年未曾洗过，我套上之后又捧着一束依然灰不溜秋的假花，成了一个彻头彻尾的灰姑娘。我用一块六毛钱的变色口红涂嘴唇，自己画眉毛，画唇线，再披上头纱。我先生换了一套青果领西装。我们或站或坐拍了一组照片，不到一个小时完事，费用不多，大约是我一个月的工资。

婚房是在湖滨北路的防疫站宿舍，两房一厅，面积约六十五平方米。当年，湖滨北路还算新区，公交车班次很少，约半小时来一趟，拥挤的程度让人联想到罐装沙丁鱼。我以自行车代步，还没铺上沥青的湖滨中路坑坑洼洼，骑着自行车起起伏伏有点像骑马。

我们托关系买到内部价的花瓷砖用来铺地板，白色瓷砖铺厨房、卫生间下半墙，上半墙则刷白灰。水电均安装明线，粉刷墙面和油漆门窗的活是我邮政局的同事义务帮我忙，当年同事之间都讲情义，不计较金钱，互相帮忙都属正常。因为我先生常年在外地出差，一切甩手由我操办，他当现成新郎官。

结婚照背后的故事

5

作者的结婚照

没有条件豪华装修的年代,我利用色彩学来布置新房,从东英布店买来一匹米黄色底条纹带圆点的粗纺棉布,用它做落地窗帘,做垂到地面的床罩、枕套,再用膨体纱钩了花边,色调一致让人看起来很有整体感,档次也提升了。墙壁挂的是自己画的大幅雪景的油画,将不大的客厅用画面延伸视觉。又掏出自己的私房钱买了六个座位的转角沙发。

婆婆给我们两千块钱,我用来买一台福日牌彩色电视,十四寸,剩余的钱仅够买一台水仙牌单门电冰箱。

母亲为我准备的嫁妆是一台单缸洗衣机,一架缝纫机,一个电饭锅,还有几件首饰。丈夫的大哥送我们一台留声机,我弟弟送我一个挂钟。家具是请木匠上门定做,我们将家具都漆成白色,这些家当在当时还属于小康。

母亲没有收男方聘礼,男方负责买糖果、贡糖派发给亲戚朋友,一般分为四十八颗糖果一份,二十四颗糖果一份,再附加两包贡糖或马蹄酥。回收的红包有二十块钱,四十块钱,六十块钱。贺礼有玻璃杯,枕头巾,膨体纱,布料和婴儿毯。

闽南风俗婆媳妇都在深更半夜,要在半夜放鞭炮,我破了规矩,让我先生睡一夜好觉等天亮再来,他很赞成我的决定。

酒宴设在厦门宾馆，结婚当天宾馆门口站着好几对新人，新娘一律都穿红色套装，唯独我穿的是浅肉色西装，腰间还扎着一条咖啡色宽皮带，有点像电影里游击队队长的打扮，这只能怪当年服装市场的款式太少，选择的余地不多，我又想别具一格，却引来参加婚礼的客人问，新娘你今天怎么穿得那么朴素？

婚宴酒席标准一桌是一百二十块钱，没有龙虾、鲍鱼、石斑，基本都以猪肉为原料，从炸五香，糖醋排骨，猪肚汤，红烧蹄膀到炒面线，每一道菜都离不开猪肉，最后一道是传统的红枣莲子汤。

闽南人的风俗是女儿回娘家要拖两根连头带尾的甘蔗回去，意味着一生能够甜头甜尾。干枯的甘蔗尾巴窸窸窣窣划过马路，引来众人回头看，我承受不了那些目光，所以不从！真要感谢母亲没让我拖甘蔗回家。

如今，走在鼓浪屿上，没走几步路一定会遇到拍婚纱照的年轻人，那些新娘化着精美的妆容，个个像仙女下凡，新郎穿着俊逸的西装衬着白婚纱或红婚纱，白的纯洁红的热烈，他们选择鼓浪屿为背景，却将自己也融进景点。

亚热带引种场的辛酸史

在鼓浪屿西南面的岸边有一条小径，沿着小径往上走，你会发现两侧铁丝网内有一片南国植物，让人误以为踏进另一个国度，这里正是亚热带引种场。

这片占地两百亩的亚热带苗圃有着一段鲜为人知的历史。

一九五八年，一位二十出头的印尼侨生因病在家休养，他是厦门大学生物系二年级学生周才喜。窗外"大跃进"的热潮和向科学进军的口号不停地冲击他的耳膜，周才喜躺不住了，浑身的热血被口号点燃，他像打了鸡血一样从床上蹦起，他怀着一颗热忱的心要为祖国贡献自己所学的知识。他跑侨联，跑科委，跑园林部门，把自己的设想不厌其烦地一遍遍阐述给别人听，原来他想办一个专门培育亚热带植物的试验场！

首先被他感动的是侨联副主席汪万新，汪万新把自己的四千元积蓄掏出来，以侨联的名义帮助周才喜筹办试验田。

试验田选址在鹿礁路路口一块面积只有两亩的菜园里，六名印尼归侨青年拔掉菜园里残留的菜，锄地耙草，松土拢田，和着汗水种下从一些归侨那里要来的异国花果。

创业的阶段是艰难的，他们不计较收入，畅想着在鼓浪屿岛上能长出家乡的花卉、果树，想到这他们就浑身有劲。经过四季的耕耘和细心的培育，那些南国的花卉该开花的开花，该抽穗的抽穗，该结果的结果。品种有百香果，咖啡豆，可可树，蔷薇，山茶花，咖喱，香茅等，他们弹着吉他，打着铃鼓围在自己汗水汇聚的花果面前又唱又跳，引来过路人好奇的目光。

不到两年，这两亩试验田花果簇拥，已经容纳不下海外归侨不停歇的一份份深情了。

一九六一年，这一年人们还没摆脱饥饿的困扰，国家对新兴的植物倾注了极大的关心与寄托，希望多培育出新生品种来解决老百姓填饱肚子的问题。于是，在一点九平方公里的小岛上划拨了两百亩土地用来开办植物引种基地。

这两百亩地原来是一片墓地，正值盛年时期的李芳洲从植物园被调来筹办一个以国际引种为主的亚热带引种场。他首先要忙于迁移一座座坟墓，有主的想办法联系主人，没主的坟墓集中处理。他从周才喜手中接过试验田，将它划归属下，从两亩地一下扩大到两百亩，有人调侃李芳洲："你是鼓浪屿的大地主！"

李芳洲与夫人张佩琦都是协和大学一九四二届毕业的学生。李芳洲是园林系的，是学校学生会主席，他演讲从来不打草稿，随性而发，语言幽默又不失

张佩琦（左）与李芳洲（右）合影

严谨。张佩琦是生物系的，她是大家公认的校花，才艺与美貌聚于一身，这样优秀的才子佳人很自然地成为一对爱侣。

李芳洲毕业后一直没机会从事自己的专业，他先到香港从事教师、商贸行业度过一些年。新中国成立那天，国内的资本家纷纷赶着末班船逃到香港或台湾，而李芳洲却不顾亲友们的

阻拦，带着妻子儿女连夜赶最后一班回国的邮轮。回国后的李芳洲被安排到厦门市园林管理处工作，他的夫人被分配在厦门师范学校当音乐与生物教师。

刚成立的引种场没有依赖国家拨款，而是依靠华侨的爱国热情，开拓一条民间引种的途径。看到引种场的办公室连桌子、椅子都没有，张佩琦将家里的家具无私送给引种场，又掏出钱为引种场添置一些必备的工具。

一次，李芳洲接待一位从新加坡来访的客人，这位华侨是植物学专家，李芳洲领着他参观引种场，正好遇到工人们在埋油棕种子，客人好奇地问："种这油棕有何用？"李芳洲说："国家粮油紧缺，种这些木本油料来应急。"这位华侨听了皱皱眉，低头不语。

几个月后的一天，这位华侨再次来到引种场，从皮包里拿出一张提货单交给李芳洲，那是一吨的油棕种子。

这位侠肠义胆的华侨名叫刘毓奇，他用个人的资金购买种子送给引种场，这数万棵的油棕种子后来分配到全国各地去。为了更专心投入引种事业，他把家属一起接回中国。把家安在厦门后，刘毓奇马不停蹄地走访几个国家，利用华侨的财力和物力，从东南亚、美洲以及日本、澳大利亚等地募捐资金，再将募捐得来的资金用于购买种子、树胚运回鼓浪屿。

像刘毓奇这样的爱国华侨岂止一个，三年的困难时期，一位衣冠楚楚的华侨千里迢迢来到引种场，与他的穿着很不相配的是他肩上托着一个大编织袋，进门就要找负责人。李芳洲将他带进办公室，华侨卸下肩上的编织袋，解开袋口倒出一串串的蕉种。他说："我刚从印尼来，听说国家粮食方面有困难，这些食用蕉是速生良种，房前屋后都可以栽种，短时间内就能收成，它能解决饥饿之急。"他拍拍身上的灰尘说，为了带这些蕉种，他行李一件都没多带，海关人员问他这些植物要做什么？他说，母亲病了，这东西是给母亲清热解毒用的。

李芳洲握着他的手说："没错，是的！祖国就是母亲。"

许多年之后，人们才打听到他就是爱国华侨黄奕苗。

亚热带引种场依靠无数的海外游子的深情付出，几年期间就引种了二百八十多个亚热带植物品种。这里面大部分是李芳洲与刘毓奇经过多重渠道得来的品种，如今，在我国南方普遍繁殖的三叶橡胶、黑荆、兰草、旺梨米和甘蔗等植物，无不是刘毓奇和李芳洲历尽艰辛所付出的心血，特别是蔡韵玫冒着生命危险协助旺梨米的引种。

然而，就在大家为引种场规划未来准备大展宏图时，一件小事给引种场带来历史性的毁灭。

那是一九六六年，刘毓奇捐给引种场一台英国产的柴油机，准备用它装备一艘快艇方便到码头接运种苗，快艇还没装备起来，场里就出现了大字报，被怀疑装备快艇的动机，并为此立案，结论很快成立，它像一张网，网住一个所谓的"反革命集团"。刘毓奇爱国的举措被人黑白颠倒，他想不通更说不清，于是，刘毓奇带着一颗受伤的赤子之心携着家属挥泪离开祖国。

引种场荒废了，所有的植物东倒西歪，就像没人看护的孩子。灌溉系统被拆，玻璃暖房被砸，实验仪器被偷，一些能挖的花卉被人挖走，能拔的果树被拔走，唯独挖不走的是那些已经根深蒂固的大树，还有那些爱国的赤子之心。

十年浩劫结束后的一九七八年，百废待兴的科技文化慢慢复苏，亚热带引种场又挂牌恢复了，听到这消息，快六十四的李芳洲百感交集，半信半疑，他内心又经过一次从冷到热的过渡，最终那颗热爱园林的心再次焕发出生命的春天。虽然中风后的他行动不便，但依然在妻子的陪同下拄着拐杖来到引种场，眼前是一片杂草丛生的荒芜山地，两百八十多种的植物只剩下四十多种，想到他曾经为此付出的心血，他流下了悲伤的泪水。

损失的要加倍补偿，五百平方米的玻璃房很快重新盖起来了，自流灌溉等设施也重新修造完工。散落在外的一百多种亚热带植物又陆续来这里落户。

如今的引种场，已经成为鼓浪屿上的一片南国风光，不能忘记的是它曾经汇集了多少华侨的赤子之心，经历过一场浴火重生的洗礼才有今天的面貌。

补记：李芳洲的父亲李汉清也是位传奇人物，他一八九一年出生于福建永春，一九二一年担任《江声日报》总编辑，一九二六年任鼓浪屿工部局华人董事，曾经为创办鼓浪屿中山图书馆，筹建延平公园，为维护日光岩的公权，与洋人和买办有过争执，甚至对簿公堂。一九四九年老人只身赴台湾，一九六九年八十二岁的他还编写了《闽侨海疆拓植志》等书。李芳洲献身引种场的精神与他父亲李汉清先生造福鼓浪屿的精神可谓一脉相承。

绅士疯子"阿空"

"阿空"本名叫郑宗康，因为闽南话"康"与"空"谐音，所以其实是叫"阿康"并非是"阿空"。"阿空"的祖籍是福建南安，他出生在鼓浪屿，是富家子弟。早年他的父亲郑先生在国外经商，留下妻子陈氏和子女均住在鼓浪屿自家别墅内，他们一共育有四男四女。"阿空"排行倒数第二，他下面还有一位弟弟叫宗衡。

"阿空"旧居

鼓浪屿二中初中部西面的一片庄园就是郑家别墅，庄园里种着杉木、果树、花卉等，房子的造型及摆设全是欧式风格。"阿空"和他的兄弟从小在鼓浪屿接受教育，是英华中学的活跃分子，也是体育健将，"阿空"和弟弟郑宗衡不仅会打篮球还会弹吉他，拉小提琴，说着一口流利的英语。

他的母亲陈氏是毓德女中的学生，当年她与著名妇产科大夫林巧稚还是同班同学，只是林巧稚把毕生献给医学，陈氏选择相夫教子的妇道生活。

新中国成立前夕，陈氏应丈夫的召唤，要乘船到香港，当时国共正处于交战之际，国民党的飞机频繁地在天空盘旋投弹，海面上轮船已停航，陈氏冒险坐小渔船离开鼓浪屿，途中渔船虽然幸运地没被炮弹炸沉，但是陈氏的小腿不幸被弹片击中，骨肉模糊，因为怕出生命危险，渔船半途返回，陈氏被送往鼓浪屿医院抢救，由于伤势严重，她的小腿无法保住，被截肢后装上假肢度过余生。

在我记忆中，大约是我刚上小学时，我拿到学校刚刚分到的新课本，根据老师要求，回家都必须包上书皮。外婆不会包，她买了一张牛皮纸带着我去市场路找"阿空"的母亲帮忙，"阿空"的母亲我叫她阿嬷，她梳着一个发髻，穿着土黄色旗袍，粉白脸色不知是否打过粉，一脸慈祥温和。她坐在床沿边，床下放着那只穿着鞋子的假肢，她接过我的牛皮纸对半折后割作两张，又把我的课本放在牛皮纸当中，细致地包上带有四个三角形角的书皮，还用颤抖的手为我写上笔画复杂的名字，因为手不停地颤抖，字迹看起来像被锯子锯过，但是字体非常漂亮。那时候"阿空"头脑已经不好，发病时会把他母亲从别墅里赶出来，他独自霸占那栋两层楼的别墅和大花园，他的母亲只好在亲戚家借住。后来"阿空"的母亲到香港投靠她其他的儿女，那时好像"阿空"的父亲已经过世。

我第一次到"阿空"家的别墅时年龄还很小，那时跟着舅舅去给"阿空"的母亲拜年。我只记得大门口边有一丛腊梅花，花园里有杨桃树、龙眼树、芒果树和参天杉木，客厅有陶瓷大花瓶，比我当时的个子都高，四周有红木家具，带着扶手的靠背座椅。

"阿空"那时很懂礼貌，穿戴整齐就像一位绅士，他替他母亲为客人倒茶送水，讲话轻声斯文有礼。家里台阶扫得很干净，客厅瓷砖地板洁净明亮，是我见过最大、最漂亮的房子。"阿空"的亲戚们记得他家藏书很多，唱片也很多，但是，要想向他借必须写张借条，等书还上再把借条撕毁。

如果你要问"阿空"长得怎样？我告诉你，他不算英俊，但绝对有儒雅气质，一米七五左右的个子，白皙的皮肤，五官端正，他的特点是高鼻梁上略带点驼峰。他的弟弟宗衡，比"阿空"长得略好，同样有着带驼峰的高鼻子，眼睛比"阿空"大，高个子，说话有点像女孩一样腼腆。

可惜，他们兄弟俩都神经脆弱，经不起感情上的打击，都在年轻时暗恋或热恋现实或不是现实中的女性导致神经错乱，弟弟病得更重，只好长期住院治疗，"阿空"属于间歇性，生活尚能自理，不危害社会。

兄弟俩一辈子都打光棍，老鼓浪屿人见过他带着绳子买木炭，对于他的另类思维大家各有各的看法。本来他是属于对社会无害的良民，却常常惹来当年二中学生的无礼攻击，轻者语言辱骂，重者用石块投击，甚至有学生翻墙入户摘水果、偷东西，他家别墅的屋顶被石头击穿了，以致下雨天会漏雨。

本来他完全可以通过法律维权讨回公道，或许是他的性格导致他一忍再忍，他没有反抗却被认为是"疯""傻"。他没有经济来源，私人房子也不属于房管局管辖之内，他只能向亲戚借钱修复，没钱的时候，拿着家里能卖钱的物件细软一件件往外典当，慢慢地，家里的好东西都被卖光了。他守着偌大的房子跟它一起衰败，过着贫困拮据的日子，因为没钱缴交电费，电也被供电局切断，他点着煤油灯，烧着树叶，过着与城市格格不入的生活。他曾经为了一斤米能省几分钱而从鼓浪屿到厦门去买便宜米,当然,他一次只能提五斤重。

后来,他年纪大了,背也驼了,却依然梳着整齐油亮的头发,他斜挎着黑色人造革包,一把破雨伞当作拐杖,沿着马路边缓缓地走,手提着的塑料袋里装着廉价食物,让人看了无不辛酸。几次我要到内厝澳,特意从他家经过,伸长脖子想看看那个记忆中的大花园是不是已经被包装成旅馆了。结果眼前看到的是杂草丛生,大门紧锁,那栋房子已经倒塌,从房子中间长出一棵不屈不挠的大树,仰着头似乎在向天讨回公道!

读者留言

Connie: 七十年代我们家住在笔山路,每天都要经过"阿空"家,经常看到他从楼上窗口探出头向路人微笑,当时心里挺害怕,也常常看见二中学生(男女都有)在大门口大声喊叫:"'阿空'开门!"其实"阿空"没有伤害人,反倒是鼓浪屿人伤害了他,那个年代伤害了他。

王曦: 据说,年近九十的"阿空"现在住在养老院,依然一副绅士派头,要求护理人员给他穿戴整齐,还要"素浪"(闽南语,把衬衫塞进裤子里)并要点现金置于衬衫口袋,优雅风度不减当年。

风: "阿空"是鼓浪屿人儿时的记忆,别墅是二中学生的水果后花园和同学间解决恩怨情仇的格斗场地。"阿空"确实温文尔雅,礼貌待人,我们去摘水果,他还帮我们拿梯子,我们嫌梯子太短,爬上树时,"阿空"在树下喊:"小心点,树枝很脆弱。"同学间决斗时,他叫我们空手,不能拿凶器,并且在地上划了格斗范围。

百毒不侵"臭贱姑"

当大家都在乐此不疲地写一些鼓浪屿名人往事时,有人提议我写一位另类人物,她叫"臭贱姑","臭贱"在闽南语里的意思是好养,不苛求,且带有邋遢的意思。

在二十世纪六十年代至八十年代末的鼓浪屿,岛上有这样一位无人不知无人不晓的人物,她像行走中的一堆垃圾,人们看到她都要掩鼻回避。她属于鼓浪屿最底层的人物,是在肮脏的环境中生存的老人。当我提笔想写这位老人时,我是有点于心不忍的,好像看到她幽怨的眼睛望着我:你以为我愿意吃这些肮脏的食物啊!

"臭贱姑"住在鼓浪屿福州路一带的临街小平房,那里靠近黄家渡。平常老人自己独居,只知道她原来有个儿子,儿子先于她去世之后,她一人独居直到离世。

听人说她原来是厦门港大户人家的姨太太,年轻时的她长得白嫩、秀气。也许她的娘家家境贫寒,造成她爱捡人家丢弃的东西,当了姨太太之后,这个不好的习性仍然无法戒掉。她的行为严重影响了夫家的声誉,夫家抵挡不了周围刻薄的闲言碎语,实在忍无可忍之下,最终给她一笔安家费,将她连儿子一起休掉。

"臭贱姑"将这笔安家费借给了民间高利贷，想借此过高枕无忧的生活。好日子没过多久，不仅利息不能按月收到，最后连本金也收不回了。"臭贱姑"断了经济来源之后开始过艰辛的日子，她一边打短工，一边含辛茹苦抚养孩子。经过风雨侵蚀，岁月践踏，俊秀的模样渐渐走形，最后成了肮脏污秽的老妪。

走在街上的"臭贱姑"（杨戈作品）

她什么时候移居到岛上无处考证，只记得她个子瘦小，驼背，终年穿着黑乎乎的破衣服，布满皱纹的小脸，梳着发髻，一手挎个篮子，一手拄着拐杖，常常在垃圾堆里低头寻觅。每天清晨天没亮她就拎着菜篮子拄着拐杖来到鼓浪屿菜市场里，她捡人家不要的菜叶、菜帮子，捡烂鱼、烂虾，刮肉板上剩余的肉末，这些捡来的东西就是"臭贱姑"每天的伙食。

有时，鼓浪屿肺科医院有病人去世，她被叫过去清理杂物，闽南人有个习俗就是在死者的嘴上放一片煎蛋，这在"臭贱姑"看来实在可惜，那么香的煎蛋盖在死者嘴上岂不是浪费？还不如自己替死人吃了省事，反正尸布一盖没人看得到那片煎蛋的去向。

她把捡来的废弃杂物堆放在自己的屋子四周，日积夜累藏污纳垢，衍生的蟑螂、蚊子、苍蝇、老鼠与她和平共处。

有一次，大概是鼓浪屿街道在大搞卫生除四害，有邻居反映"臭贱姑"家里窝藏的四害最多，街道派人三铲五铲将她的宝贝全部用板车运走。拾荒回来的"臭贱姑"发现屋里被掏空，仰头捶胸顿足，大喊："天寿啊！哪个挨枪打的，把我东西全偷了！叫我怎么活啊？你们干脆把我也抬去烧好了！"她"哇哇哇"坐在地上像小孩子似的蹬腿撒起泼来。

没过多久，她又重新把家当置办得满屋都是。

在大家吃肉还要凭票供应的时代，"臭贱姑"不屑于那些限量供应品，她的美味来自于海边的漂浮物，她的住处离海边不远，步行到海边仅仅几十米，肚子饿了再去捡都还来得及。每次涨潮退潮她都拖着她矮小的身影在海滩上来回走着，等着潮水给她送来食物。

她用多功能拐杖往那些随着潮水漂上岸的杂物里拨一拨，挑一挑，总会有意外发现：有时是一只死鸡，几条死鱼，运气好的话还能捡到一只还没腐烂的兔子。她把这些好料拿回家里拔光羽毛，去掉内脏，放在锅里与捡来的菜叶、菜梗一起炖，有没有放佐料不清楚，反正那滋味只有她一人晓得。人们路过她家看到她的食物总是目瞪口呆，摇摇头感到不可思议且荒诞。

有一次，她捡来的河豚大概没处理干净，吃了之后中毒被送去医院洗胃，值班的护士看到她浑身脏得无法下手，据说光擦洗她脸上身上的棉花和酒精就用了一桶。也许她命不该死，被救活的"臭贱姑"继续她的拾荒生活。只是她年纪大了，转而借助一辆破旧的儿童推车缓缓前行，既可助力，又可放东西。

她日复一日年复一年地在小岛上自食其力，从不乞讨，也不偷窃，沿着一种不可思议的生命规律循环着。

从未见过如此顽强而坚韧的人，"臭贱姑"颠覆了人类文明准则下的生命构成形式！

我的公公袁迪宝，他原来是厦门防疫站食品卫生检疫科科长，在他还没成为我公公的时候，经常在厦门和鼓浪屿的饮食行业检查卫生，要求店家要讲卫生，预防病从口入。那些服务员提出疑问：为什么鼓浪屿的"臭贱姑"什么卫生都不讲，还不生病？还健康长寿？他被问得一时语塞。

后来，他写了一篇《细菌对人的侵害大还是病毒对人的侵害大》，文章里就举了"臭贱姑"吃带细菌的食物不生病的例子。

"臭贱姑"的生命奇迹引起医学界的好奇，据说第二医院在她未去世之前就已经向她的家属订好她的遗体要作为医疗研究之用。后来听说"臭贱姑"活到九十四岁才寿终正寝，愿在世上受尽人间苦难的"臭贱姑"在天堂尝尽人间的美味！

读者留言

龙兄：看到标题，勾起了我的童年回忆，孩提时常常看到她，很勤劳、顽强的人。当时的黄家渡是一片垃圾场，才会出现"臭贱姑"这样可怜的人，这是鼓浪屿人的痛。

JANE："臭贱姑"是我们的集体回忆，小时候几乎天天见，佝偻瘦小的身躯，推着一辆小车，印象中从未有人与她交谈。

张LIPING："臭贱姑"至今仍留存在我的记忆里，她代表最底层的无儿无女的老人，换成现在她应该会被政府接到养老院里。

火白王：此文勾起我儿时的回忆，很真实，很真切，很生动。但愿这样的文章再多写一些，如今的厦门，包括鼓浪屿已经面目全非，物是人非。我们只能通过这些文章拾起对往事的回忆。

"顾啊"来了

鼓浪屿虽是弹丸之地，但七十年代岛上住有四千五百户人家，两万二的人口，这里面不包含那些下乡知青。居民日常所需不必出岛都能解决（除台风停船之外）。

大商店有"南永百货商店"，这家店最早的老板姓白，后来变成公私合营的了。店里卖布料、衣服、鞋子、日用品、文具，还有部分家电。还记得当初的收银是靠几根铁丝线拉在空中，由各个柜台夹着钱和单据滑翔到收银台，找完钱后又返回到各个柜台。

提供粮油和副食品的地方是"鼓浪屿粮油店"和"鼓浪屿食品店"。

在"南永百货商店"旁有一家卖锅碗瓢盆的瓷器店，因为老板手有点残疾，人们都叫这家店"瘸手杂货店"。我记得在这家店里花一分钱就可以买一小勺桐油灰，它可以用来补脸盆底、锅底、口杯底的漏洞，除了卖桐油灰还卖茶饼，茶饼是用来洗头发的。

煤炭店在黄家渡，供应全岛居民的燃料。还有理发店、药店、书店、饭店、染衣店等等都是便民的生活配备。

曾记得七十年代我父母各升了一级工资，他们高兴之余赏给我和弟弟一人五元，我拿到钱拉着弟弟直奔"南永百货商店"

的袜子柜台,那里有我心仪已久的尼龙袜,一双大约两块多,那时候算是高档货,我和弟弟各买了一双袜子后就兴高采烈地回家了。正打算向父母展示新袜子,抬头发现气氛不对,父母一脸严肃地盯着我,外婆躲一边去,没等我作解释竹苗子就往我和弟弟身上猛抽(闽南话叫竹啊枝滚肉皮)。那顿皮肉之痛给我的教训深刻,父母教育我不能从小养成乱花钱的坏习惯。

长大后我依然最喜欢光顾"南永百货商店",常去的是角落边的文具柜台,在那里挑选铅笔、油画笔和颜料。那位女售货员是泉州人,说话带泉州腔,把"好的"和"灰的"都说成"贺的",以致常常造成误会。

岛上还有一些小商贩是流动性的,如卖沙茶酱的,卖麦芽糖的,卖油柑串的,卖冰棒的。夏天的冰棒出自鼓浪屿食品厂,五分钱是牛奶味的,三分是水果味和红豆味的。卖冰棒的汉子身背四罐,一肩挎两罐,还要腾出一只手摇铃,夏天汗流浃背的实在辛苦。还有挑担卖豆花的、卖石花的等等,多种吆喝声、敲击声,居民靠辨认声音就知道卖的是什么。鼓浪屿有名的麻糍和鱼丸早在六十年代还是挑担叫卖,麻糍跟厦门话"没钱"同音,大老远听见喊声,大家就说,没钱的又来了!

这些小贩穿街走巷为岛民提供不少方便,小商贩们也本分守信,要在岛上持久做生意,低头不见抬头见,做的都是回头客。那家卖沙茶酱的商贩,他家的特殊配方估计已经失传了,想起那又浓又香、微辣带甜的味道,花一角钱买一碗就可以煮一锅的沙茶面。还有卖油柑串的年轻小伙子扛在肩上的稻草把上插满玻璃纸包着的红色和黄色油柑,那些晶莹剔透,果肉饱满的油柑让孩子们看了无不嘴馋。有二分一串,五分一串和一角钱一串。

到了过年前夕或节假日，卖油柑串的年轻人会在番仔墓口的空旷处爆米花，从我家窗户就能俯瞰楼下那围着的一堆人，他们拿着米袋子在排队等着爆米花。我就会吵着让外婆给我拿些米去爆，外婆说黄豆和玉米爆了更好吃，就从缸子里倒出一些黄豆和玉米让我下楼去排队。

那些黄豆被装进一个铁罐里密封滚动加热，几分钟之后，随着一声"要'bong'"，孩子们捂着耳朵四处散开，"bong"过的黄豆膨胀了一倍多，因为加了些糖精，口感香脆还带着微甜。爆过的玉米裂出好看的花纹，如今电影院门口都在卖这种玉米花，装入一个漂亮的纸袋，卖出不便宜的价，而当时这些东西都是最廉价的零食，把爆米花一把把装在衣服口袋里，就是我们童年最简单的快乐了。

当年，大家见面的问候语大多是："吃饱没？""吃了吗？"潜意识里生活还是以吃为主。

鼓浪屿常有一些海沧的农民挑担坐船到鼓浪屿卖米、卖蔬菜、卖鱼虾，这些东西补充市场供应不足，他们卖的蔬菜、鱼虾更为新鲜，价格虽贵一点，却很受岛上居民喜欢。当时把这些卖菜、卖鱼虾的农民都称作"投机倒把的人"，鼓浪屿为此设立市场管理处，就像现在的城管，他们的工作就是专门割"资本主义尾巴"，对这些在岛上挑担卖东西的农民铁面无私，看到就抓，夺下他们的秤杆子当场拗断，没收农民箩筐里的货物并全部充公。

人们不会忘记，只要听到一句："'顾啊'来了！"好比听到"鬼来了！"一样令人闻风丧胆，正在交易中的小商贩钱也来不及收，拾起担子夺路而逃，慌乱中不免有掉落人字拖鞋的，箩筐倾倒的，瓜果滚落一地的，全都无暇顾及，像没头苍蝇般四处躲藏。那位忠心耿耿肩负市场管理职责的"顾啊"先生，他个子不高，黑黑瘦瘦，当年的"造反派"出身，曾经参与破四旧树新风。在割"资本主义尾巴"时他立场坚定，又使出当年的冲劲，在那些农民苦苦的哀求声下也丝毫不心软，他铁着脸，仰起脖子，声音近乎咆哮："走！走！走！"

被抓到的农民耷拉着脸哭哭啼啼悲惨兮兮。

"顾啊"一度成了鼓浪屿无人不晓，妇孺皆知的英雄人物。《福建日报》曾经有过报道，介绍"优秀共产党员章顾"，从此章顾名噪一时，常常被请去做报告。他在大会小会上说起自己的光荣事迹，虽然普通话不标准，却异常生动，他说："花（发）现了逃（投）机倒把混（分）子，先撇一撇（不作声），然后悄悄抹上去（跟上去），从后面一张（抓），保证跑不了。"

记得当年我们支农到了海沧，那些农民四处打听哪一个是"顾啊"的孩子。我们要么说不知道，要么说章顾的孩子千千万。那些农民就开骂："打枪夭寿'顾啊'！呼恁备抓到你就不得好死（让我逮到你就不得好死）！今天就呼你绝子绝孙（今天就让你绝子绝孙）！"农民一边杵着锄头一边诅咒辱骂。

后来听说有一次"顾啊"被东屿的渔民蒙着眼睛拖走，将他用绳子捆绑好装进麻袋，最终被丢弃在海中间的礁石上。被套在麻袋里的他呼天喊地，可叫喊声却被潮水的"哗哗"声给掩盖了，幸亏他被海军巡逻艇发现，最终挽回了一条小命。

被救回来的"顾啊"先生依然铁面无私地坚守在岗位上，有一段时间他负责经营龙头路的一家"海角"花生汤店。后来鼓浪屿成立工商局,"顾啊"先生担任岛上第一任工商局局长!

回想当时,他尽心尽职,不顾及个人安危的英雄气概,实在叫人折服!改革开放后,农民可以合法在鼓浪屿岛上自由自在地卖鱼、卖菜、卖水果。"顾啊"先生与农民的恩恩怨怨也被人们渐渐淡忘了!

读者留言

林海雪原: 当时我家住在龙头路二百〇一号,时常有被"顾啊"追得走投无路的小贩跑进我家院子躲避,"顾啊"追进来我们就像当年老百姓保护八路军一样保护他们。

吴保禄: 此人很像汉娜·阿伦特所说的"平庸之恶"!也类似于雨果名著《悲惨世界》的警探沙威。

活广播"铁人"

那是在新中国成立初期的鼓浪屿，岛上有个活广播，人们都称他为"铁人"。

"铁人"并非他的本名，由于他长得敦实，加上黝黑的肤色，人们便赋予他这个带有英雄色彩的外号。"铁人"的特长就是有副超大音量的嗓门，人们常说"这人的嗓子可以穿越三栋房子"，我想"铁人"大概就属于这种嗓门。

他长着四方脸，一头油光发亮的黑发从中间分开，穿着对襟粗布汗衫，扎着阔腿长裤，脚上踩着露出脚趾头的黑布鞋。当时他三十来岁，是个单身汉。

当年他当活广播或许是个偶然，"铁人"住的地方就在鼓浪屿晃岩派出所的隔壁，对面是番仔球埔，坡下是鼓浪屿兴贤宫。兴贤宫是个社庙，人们也称它大宫，主要祀奉保生大帝（前殿）和关帝爷（后殿）。常年有居民在那里膜拜，大宫也是鼓浪屿居民的活动中心。

"铁人"是个单身汉，没什么正经事可做，无聊时就到大宫看热闹，大宫

兴贤宫戏台（由陈亚元提供）

的负责人叫爱伯，大宫遇到庙会、演戏、抬纸船的活动时，爱伯就会派"铁人"拿着铜锣到各条街上喊一喊，事情完成之后再回到大宫吃斋饭，有时爱伯会送一些供品给"铁人"吃，比如那些吃不完的年糕、糯米龟等等。

一次，"铁人"从大宫出来看到派出所门口围着很多人，他就凑过去打听，原来是个妇女丢了孩子。善良、热心，又有正义感的"铁人"自告奋勇要到街上喊一喊，于是就看到他拿着铜锣，边敲边喊："注意听！注意听！今天早上一个三岁渣某走没去（三岁女孩走丢了），厝边头尾有谁看见赶快来相报（邻里街坊谁看见快点来通报）。"他边喊边跑，走街串巷，从龙头路走到内厝澳，再到西林、鹿礁路、福建路所有居民区喊了一圈，很快整个鼓浪屿街头巷角都被他喊遍了，当然，孩子很快就找到了，当事人感激的同时也会付点酬劳给"铁人"。

"铁人"的名声就这样被传开，他的"新职业"就顺理成章地诞生了，大嗓门被派上了用场。鼓浪屿延平戏院和屿光电影院有新影片预告，也会让"铁人"去街上宣传下，他这回没有敲锣，而是举着电影广告牌，喊着："电影《火烧红莲寺》明天开演了！一出一毛钱！不要错过，不要错过！""铁人"那振聋发聩的声音成为鼓浪屿上不可缺少的福音。

如果你走在寂静的小径上，迎面有一个衣衫不整，提着铜锣摇摇晃晃朝你走来的人别以为是遇见疯子或者流浪汉，他可是为岛上居民报信息来着。你听，那一槌槌锣声，一声声叫喊："快点听！快点听！风胎（台风）要来啦！各家各户门窗关好啦！轮渡今晚五点要停船啦！注意啦！注意啦！"

新中国成立初期的鼓浪屿还是很落后的，用煤油灯照明的人很多，时常会有不小心失火的事故发生，派出所就会让"铁人"

再去街上喊一喊，以增加大家防火防患的意识。

岛上居民看到他一点也不嫌弃、不厌恶他，而是把他当成好朋友、好兄弟。好心的居民也常常将食品分些给"铁人"，把不穿的旧衣服送给他穿。

当"哐哐哐"的铜锣声响起，一些小孩子从四面八方追过来跟在"铁人"屁股后面喊着："臭铁！臭铁！""铁人！铁人！""铁人"回头朝孩子们笑笑，摸摸孩子的头，只要没妨碍他工作，由孩子们怎么闹都行。

人们听到"哐哐哐"的声音都要先放下手里的活儿推开窗户竖起耳朵仔细听，路上行人遇到他也会闪一边为他让道，并报以友好的微笑。那情景就像现在在马路上遇到120急救车或119消防车一样，所有居民必须为他让出绿色通道。

单身的"铁人"品性善良、正直，不嫖、不赌，他最大的喜好就是晚上打点小酒独自小酌，他对下酒料也从不挑剔，只要一把花生米，一碟猪油渣或是别人送给他的一些巴浪鱼就能让他享受快乐时光。

一个寒风呼啸的夜晚，已经喝得半酣的"铁人"正窝在被窝里准备做场美梦，一阵急促的敲门声令他从被窝里弹起，开门一看，是穿制服的派出所同志。派出所的同志派给"铁人"一个任务："快点快点，今晚敌机可能会在上空投弹，你赶快通知居民不要出门了，警报一响就要躲进防空洞里。""铁人"马上扛起任务，丝毫不敢怠慢，酒也醒了大半，迅速抓起那件蓝色棉袄随便套上，拿起铜锣，趿上布鞋，顶着寒风一路喊了出去。

鼓浪屿上坡下坡的路难走，遇到下雨天、大热天的恶劣天气，"铁人"的声音依然在岛上回荡。一次，大概是下雨路滑，

"铁人"又喝了些酒,在黑暗中他不慎摔了一跤,把门牙磕掉了。

从此以后"铁人"的声音少了门牙的遮挡,加上嗓子使用过度,声音变得嘶哑,喊起来就如某种动物在嘶嚎。

"文化大革命"一开始,带着宗教色彩的兴贤宫被砸烂,凡是大宫里的工作人员都被安上各种罪名。已经五十多岁的"铁人"被红卫兵用麻绳五花大绑不分昼夜地挂牌批斗,没吃没喝的"铁人"最终被折磨得只剩下一张皮囊,没人记得他死的模样,人们也渐渐忘了他,那位曾经在鼓浪屿岛上沿街敲锣的"铁人"最终从人们的记忆中消失了!

读者留言

孤蓝:我们的历史太少这种鲜活的小人物,王侯将相的列传里少了些人文关怀的温度。

郑健辉:很好!把一个民间小人物写得鲜活了!

二哥:之所以叫"铁人",是因为民间有个传说,吃柿子再喝酒会被撑死,而这位"铁人"吃柿子喝酒也无碍,因此而得名"铁人",这乃是老一辈人的说法。鼓浪屿有说不尽的故事,而主人翁就是这一个个鲜活的小人物。

吴惠华:我终于记起"铁人"的形象,不太高,壮壮的,浓眉大眼,留着两撇胡须。每次路头路尾相遇都会打声招呼:"出去哈!"

鼓浪屿之波:在小时候的记忆中,"铁人"随和豁达,他那洪亮的声音,曾经是鼓浪屿人的福音!

再会糖果饼店

到鼓浪屿旅游的游客都知道岛上馅饼好吃，在离开鼓浪屿时都不忘带点岛上的特产，这特产里面一定少不了"鼓浪屿馅饼"。

可是，很少人知道，在新中国成立前鼓浪屿上曾经有一家饼店，不叫汪记也不叫陈记，而是叫"再会糖果饼店"，老板娘叫余玉贵，是位华侨，她的先生姓徐，在创办饼店不久后老板就去世了，饼店就由徐老板的太太余玉贵管理，侄儿徐瑞源负责经营。余玉贵因为体型较胖，体重曾达到二百八十斤，大家都称她"阿肥再会"，而她对于人们赋予她的外号，一笑置之，没有一丝嗔怒，反而笑嘻嘻地回应，以至于大家都忘了她的真实姓名，都叫她"再会"。"再会"的闽南话又与"菜花"谐音。

再会糖果饼店经历了几次搬迁，最早在市场路屿光戏院对面，最后开在泉州路路口。饼店经营的产品有：糖果，饼干，鱼皮花生。一到夏天，再会糖果饼店会推出解暑产品，就是刨冰和酸梅汤，那台刨冰机还是产于德国，是"再会"到国外旅游时带回的舶来品。软糖和酸梅汤最受岛上居民喜欢，带有花纹的夹心饼干和广东水晶饼让全岛的小孩嘴馋。鼓浪屿居民相互馈赠的上选礼品都会选择再会糖果饼店出售的食品。

"再会"为人乐观，人缘也极好。她常戴着金丝眼镜，随身的小坤包里总会备点小零食，糖果或饼干，遇到小孩子就会从包里掏出几个糖果分给孩子吃，常常有一些因为家庭困难买不起饼干的孩子们围着柜台前转，"再会"就从店里拿出一些糖果或饼干分给孩子们。

她常常呼朋唤友到家里喝茶吃点心，玩纸牌，如果输了牌局她就会借故留客人吃饭。她信奉基督教，一到星期天她会穿戴整齐到教堂做礼拜，一到圣诞节前夕的平安夜，教堂就让"再会"扮演圣诞老人，而她口袋里的糖果就是来自再会糖果饼店的奉献。

一九五六年，全国范围内实行社会主义改造，资本主义工商业实行全行业公私合营。再会糖果饼店也变成公私合营的了，"再会"与侄子徐瑞源从此被安排到鼓浪屿糖烟酒副食品公司上班，直到退休，他的儿子徐生荣补员进去。

"再会"育有两儿两女，大儿子徐信德在一次意外事故中去世，大女儿徐淑智是地下党，曾与刘惜芬同时被抓，后来在厦门食品公司当科长，大女婿杜金荣曾经是厦门市工商联秘书

余玉贵（一排右二）和她的家人

长,其他子女都各有建树,小女儿徐淑慧在华侨幼儿园当园长,小女婿是转业军医,后来在厦门中医院工作。小儿子徐信道在杏林一所中学当教师。

据徐瑞源的儿子徐生荣回忆说:"奶奶平常最爱吃肥肉,在那个凭票供应的年代,孩子们要早起摸黑赶到市场排队等着买肥肉。""再会"的小女婿是医生,深谙肥胖的后患,为了尽孝心他曾经拿一些降血脂的药送给丈母娘服用,"再会"吃了药之后腹泻多次,把药丢一边再也不配合治疗,女婿来了还把他责怪一通,从此之后女婿再也不敢提减肥的事。

徐生荣说:"奶奶还常常带着孙子到厦门坐三轮车游街。有一次,奶奶从座位上起来时差点把三轮车掀翻了,不仅这样,她坐公交车时,也是将座位塞满了,一到下车时因起不来常常引起大家哄笑。我小时候就不许人家嘲笑我奶奶,有人说,二中初中部门口那条小巷最窄之处有个凹陷,是因为'肥再会'从那里经过,把墙挤凹了,那条巷子也被人们称为'再会巷',我听了之后就想跟人家抡拳头。"

再会巷

"再会"终身都喜穿旗袍,常年穿着颜色不一的素色旗袍,最喜爱的就是天蓝色棉布旗袍,她所需的布料往往要花去全家人一半的布票。由于她朋友多,常常会有朋友把用不完的布票或肉票送给她用。"我奶奶的长衫要是展开一晾,整个阳台的阳光就全挡住了,"徐生荣说,"她的长衫一展开就像在晾床单那样,每根竹竿只够穿一件长衫。"

有一次,她的白色旗袍晾在二楼阳台上,一阵风吹过,旗袍从楼上飘下,过路人仰头喊:"楼上的!是哪一家的蚊帐掉下来了?"

一九七二年夏季的一个早晨,平常准点起床的"再会"再也没有醒来,她在夜间突发脑溢血被上帝悄悄接到天国。

如今的鼓浪屿岛上,卖馅饼的,卖饮料的沿街铺开,而曾经让岛民嘴馋的"再会糖果饼店"已经被后人遗忘了。

读者留言

郑健辉: 记得"肥再会"戴着一副金边眼镜,穿着一件硕大的旗袍,她的气质和橱窗里摆放的各色饼干糕点一样雍容华贵,吸引着许许多多小孩的目光,在家长心情好时可以饱饱口福,多数时候只能饱眼福。

吴保禄: 当年食品店是服务岛民,现在是忽悠游客,这是本质区别。

英语老师吕良德

我的母校厦门二中有两项优势著名：一项是足球，一项是英语。这两项归功于当年外国传教士留给岛上的遗风。虽然那些金发碧眼的传教士我从没有见过，但从我懂事开始，周围无处不带有纪念番人的地方，如"番仔球埔""番仔墓""番仔礼拜堂"。

当我上中学时，那些当年被洋人调教出来的学生却成了我的老师，吕良德就是其中一位。吕老师不仅英语说得好，他的外形也有点像洋人：敦实的身材，高鼻子，肤白，稀疏又卷曲的棕色头发贴在头皮上。他喜爱游泳，据说有一次他游泳游得太远，遇到退潮回不来，他虽然有好水性，却有糖尿病，海水将他带到鼓浪屿南面的南太武。当地农民不清楚这洋人怎么会无故躺在滩涂上，要不是看到他的肚皮还在一下下起伏，还以为是具死尸。

会不会是台湾派来的特务？警惕性高的村民提出疑问，大家围着四脚朝天的吕良德七嘴八舌地议论着。吕良德因为体力透支，闭着眼睛懒得理他们，等他回过神来，一句闽南话让大伙笑喷了："狭小特务，恁目眦呼噻糊（什么特务，你们眼瞎了）？我是鼓浪屿人！"

再说还在家里等他回家吃饭的家属见他迟迟未归，焦虑万分，便跑到二中求救，恰好当时学校领导延秀英的儿子是海军，借职务之便，出动巡逻艇在海上四面搜寻，最后将困在南太武的吕良德接回鼓浪屿。

吕良德因为糖尿病不能吃糖，他每天买一包蒸熟的荷兰豆当作零嘴。他的口哨吹得全鼓浪屿有名，悠扬且动听，他吹口哨不需嘟着嘴唇，两片嘴唇不必费力气就能吹出悦耳的曲子。

最让他出风头的是他娶了个鼓浪屿大美女，外号叫"伍佰"。为什么取这绰号也没处打听，只记得当年我还是学生时，"伍佰"穿着一身朴素的蓝色涤卡服，长辫盘起，丰满中不失苗条的身段，圆润的脸庞，标致的五官，不施粉黛的她一颦一笑都能摄人魂魄。"伍佰"是鼓浪屿卫生院的一名中医，吕老师当年在追求"伍佰"时可是费了一番心思的。他将自己的成功案例分享给学生听，这本是无意之聊，没料到"文化大革命"这趣事莫名给他增加了一条罪状，说他教唆学生如何追求女人，为此让他多吃了些苦头。

吕老师最爱去的地方是鼓浪屿新华书店，他在那里寻找英语资料，去的次数多了，也就跟书店的庄经理混熟了。庄经理常常把新到的书借给他看，吕老师看完后再用纸张包好还给庄经理。在书店还会遇到爱好英语的年轻人，他们看到吕老师就想操练几句英语，彼此用英语交流，书店自然形成了一个英语角。

吕老师终身研究英语，他的一篇学术论文《外语教学必须通过本族语言来进行》一九八五年刊登在《英文世界》杂志上。有一次，他发现了一本英语辞典上有一个注解错误，即写信给英国出版社，当对方出版社知道发现这个错误的竟是母语不讲英语的中国人，既惭愧又感动，便写信来感谢他，这件事让他在英语教学上更有权威性。后来，他应邀到美国夏威夷东西方语言文化交流会上发表自己的学术观点，大会一致认为他的学术观点水平高，有特殊价值。

当年吕老师教我们英语时已经快到退休年龄，当时的英语都是附和形势的英语，如：共产党万岁！Long live the Communist Party！我的父亲是工人。My father is a worker. 我的母亲是农民。My mother is a peasant. 我是个学生。I am a student. 记得他穿着一件浅色短袖衬衫，下着一条到膝盖的宽松短裤，笑眯眯地走进教室，他一脸的亲切，一下子拉近师生间的距离。他先在黑板上写上：Long live Communist Party！然后手持教鞭往第一个字一敲："弄！"见大家没反应，又继续重重一敲："弄！"

同学们开始跟着他："弄！弄！弄！"他担心同学们记不住，又做了一番解释，"long"就是长，厦门人把个子高的人取绰号叫"弄"，就是这意思。后来我们又学到，"What is this？"为了让同学们容易记住，他说"what"就是厦门话"罚你五分"的"罚"。他带领大家一起读："what is this, 罚你五分的罚。""ER"读作"屙尿"的"屙"。后来他还教过一句英语"Put down your gun"，放下你的枪！他想出一个大家容易记住的方法，就是记作：葡萄酒一杆！这样就容易记住了。同学们都被他逗乐了，原本枯燥乏味的英语，在他的教授下却成了趣味英语。他鼓励同学们用自己的土办法来记英语，只要记得住英语，无论用拼音或者方言什么方式都行。他还说了一个笑话，一位同学把"red"（红色）读作"瑞"，连在一起读作"阿姨戴笠"（闽南话），有一次记错，读作"阿舅戴笠"。他不用传统教法，不从字母音标入手，用本地话教学生是他的创举，他曾经在东南亚英语教学方法研讨会上发表过他独特的教学法。后来我看到李阳疯狂英语不也是这样教的吗？比如：education（教育），记作：爱就开心。wife（妻子），记作：我爱夫。dinner（晚餐），记作：定哪儿。凡是吕老师教过的班级，从来没有考不及格的学生。

如今，当年学校学的英语，我基本上都还给老师了，唯独不会忘记的是吕老师教的，"罚你五分"的"what"和"葡萄酒一杯，Put down your gun"。

读者留言

许征学：我记得最深刻是教"ɔ"这个元音，为了让大家记住，他画了一个圆，然后用手擦去一个缺口，用闽南话说："挖，哦，哦，哦一个坑。"把我们笑喷了，但我们永远记住了这个发音，怀念吕老师。

林惠云：吕老师的数学也教得非常棒，他是我的英语老师加数学老师。当时初中毕业升学考试时，平时成绩优秀的可以免考直升高中，我当时这两科全部免考，我感恩吕老师，感恩所有教过我的二中老师，谢谢老师们！

洋河太守："阿肥吕"的英语并不是鼓浪屿那些外籍老师教的，他是印度归侨，连英国人都承认印度人的英语水准高过他们。他纠错的字典并不是普通的牛津字典而是柯林斯字典，所以他引以为豪。

易禅：老吕和"伍佰"原来住在泉州路一百〇一号的二楼。他的英语的确很好，他看书基本上都是看英文书，他老婆中医和针灸也是很厉害，那时候在药店旁的卫生院给人看病。九十年代初他们全家去了美国，现在二老都过世了，怀念啊！

小　莺

小莺是我高中时期的同学，她个子不算高，五官精致，两腮各有一个酒窝，这使她的笑容更加甜美。她聪明又机灵，谁也看不出活泼可爱的小莺从小失去母爱。七岁那年她的母亲不幸病逝，年轻的父亲是印尼归侨，在放开出境的政策下去了香港，临走前把小莺托付给外婆。

高中时期小莺跟我同班，除了白天上课晚上睡觉，其余时间我们就腻在一起。那时候我父母因为工作的原因一周才回家一次，外婆也去了香港，家里就剩下我和两个弟弟，父亲每个月为我们备足了第二医院食堂的饭菜票，三餐我们就到第二医院食堂打饭，医院就在家附近，不到五分钟的路。因为没有大人约束，小莺常常到我家玩，偶尔和我一起煮饭吃。

小莺（摄于二十世纪八十年代初）

小莺家住在二中初中部那头，而我家靠近高中部。我去过几次她家，她的外婆白净清瘦，梳着一个扁扁的发髻贴在脑后，穿着暗色对襟长衫,可以猜测她年轻时一定是养尊处优的富家小姐。外婆对小莺要求严格,但只要是来我家,她外婆却没意见。

记得有一次我去她家,正遇上她家亲戚送些麻糍来孝敬外婆,小莺随手拿了一个与我分享,麻糍的劲道加上芝麻的香味让我差点连舌头一起吞进,这个美味一直留在我记忆里,后来我再也没有吃到比那次好吃的麻糍。

小莺的生活费由她父亲每个月从香港汇来,要是她父亲的款到了,外婆会把零头留给小莺,小莺就会拉着我一起去看一场电影。当时这算是最奢侈的娱乐生活了,那时正值文化解冻时期,一些外国电影陆续被搬上银幕。电影院就在菜市场楼上,旁边是食品厂。记得我们看的是罗马尼亚片《奇普里安·波隆贝斯库》,这部影片很长,分上下集,是个爱情片。一边看着男女主人翁接吻一边又闻到食品厂散发出的浓郁的奶油味,以至于我一直觉得这就是爱情的味道。

那时候我穿的服装款式单调,少有合身的,因为我长得太快,家里总是让裁缝把衣服做宽松一些,长一些,以备我继续长胖长高。而小莺穿的是进口的毛衣,贴身又亮丽,外穿天蓝色的滑雪外套。她总把外套的拉链往下拉,因为这样就能看见她微微凸起的胸部,她还会拿着一面小镜子对着大镜子看自己的侧脸。那时我俩都很爱美,她会想尽办法让自己的衣服合身,在物资贫乏的年代,她将她母亲遗留下的长裙改成短裙,又把不合身的宽裤子改作喇叭裤。在那个年代,她就懂得把自己打扮得与众不同,实在让人羡慕。

我们一起翻着早期的《长城画报》,看着图片上的明星想入非非。她告诉我,有朝一日到了香港,就去当演员。我对她的想法深信不疑,我认为她具备当演员的条件。当我们的头脑里都被五花八门的梦想给填满时，哪有心思读书，功课自然读得一塌糊涂。有时候，她为了给她父亲写信，还会跟我切磋词句，怎么才能打动父亲寄东西给她，虽然信的内容很幼稚，但是她书写的字体刚劲有力，气韵不凡。我和弟弟都把她的字拿来当字帖临摹。

那一年的期末考试我好几科挂红，她也一样，我们都放弃补考，距离毕业还有一年我们就辍学了，她并没有为此难过，因为她相信她就要去香港了。同样，我也在申请去香港，只是我申请的理由是找外婆，她找父亲。从学校出来后不久她就被批准到香港了，而我因申请的理由不足被退了回来。后来她再也没有跟我联系了。掐指一算，我们已经三十五年没见面了。但是，这些年来我并没有忘记她，我也一直在留意香港明星中有没有我的同学小莺。

很偶然的机会，同学中的娟子有她的微信，借着当今通讯网络的方便，她发了一张合影给小莺看，小莺一眼认出其中的我。

于是，我跟小莺断了三十五年的音讯重新连接上了，我们开始频繁地发微信，发照片，打电话，述说这些年的生活经历。知道她在香港一家珠宝行当营业员，丈夫也是鼓浪屿人，她到香港之后又回来跟他结婚，又等了三年时间才在香港团聚。

我不解地问她，你好不容易去香港了，怎么又回来找对象？她说，可不是？当初也有富家子弟追求她，可她跟她先生有感情基础。结婚时也是顶着家人的阻力与他在一起。我才知道原来离开学校后她就与她先生认识了，而我那时正在四处做临时工，学画画，为了前途磕得焦头烂额。如今他们有一个漂亮又能干的女儿，大学毕业后在国泰航空当空姐。

我们每天除了发微信和发照片外，接着就是迫切地想见面。

我用十天的时间办了所有手续。当我们在香港见面的那一刻，就像恋人一样紧紧地拥抱对方，能感觉到来自彼此身体的颤栗。我端详着她：身材一点没变，精致的五官加上一点妆容更显妩媚，黑色的职业装让人感觉她更加成熟。

她把我领到她家，房子虽然不大，但收拾得干净整齐，橱柜里的摆设件件都是精品，可见主人的品位不俗。她拿出书法作品让我欣赏，笔力依然劲挺，气韵依然流畅。她亲自下厨做出的菜肴更是让我赞不绝口。

我留在香港的时间不长，两天后，我们又在尖沙咀见面，这次她穿着橘红色的上衣，十米之内数她最耀眼，我相信谁也看不出她的实际年龄。她带我到一家有名的日本料理店用餐，吃饭时我问她："你是否还记得少女时期的梦想？"她哈哈直笑："那是年轻时候的事了，想法太不切实际了。"是啊！谁年轻时没有梦想，而如今她还在追求她的梦想，这个梦想是与她工作相关的梦想，是对她生活有利的梦想，她为了这个梦想每天下班回来还要继续温习功课，应付各门考试，为了拿到一个谋生的证书。她说："香港没有退休工资，我要为后半生的生活做积累。"我被她的精神震撼了。

饭后，她执意要送我回酒店，我不肯，我们就在中港城的门口分手。在熙熙攘攘的人群中，我看着她的背影渐行渐远，而隔天我也要飞回我生活的城市——厦门。小莺和我就像生活在两个不同的时空隧道里，而下一个交集又是何时呢？

阿勇的童年

阿勇出生在"大跃进"的年代,在锣鼓声中准备迎接新春到来的时节。一个本不该诞生的弱小生命努力地挤进了一个鼓浪屿的人家。阿勇上面有三个哥哥,最小的哥哥大阿勇十岁。

阿勇的母亲一直盼着有个女儿,偏偏又来了个儿子,同产房里另一位产妇一连生了三个女儿,阿勇母亲当场将儿子与那位产妇的女儿调换了,高兴地抱着人家的女儿回了家。三天后,人家的祖母后悔了,把阿勇送了回来,把女孩抱回家去。因为家里备好的全是女婴的服装,家里人从此将阿勇男扮女装,直到上幼儿园才恢复男孩装束。

阿勇和父亲(由阿勇提供)

阿勇从小体弱多病,常常喝各种中药,属于药罐子。他记忆中,中药有一味甘草是甜的,所以当年母亲带他去上海音乐学院陪读时,妈妈领着阿勇经过南京路各种西式糖果饼店时,妈妈问阿勇:"想吃什么?"阿勇想都不想就说:"想吃甘草!"妈妈逢人就说:"我这个小儿子怎么那么乖?只花了我两分钱!"

林昱是阿勇的远亲,按辈分的话阿勇要称林昱的父亲为哥,林昱要叫阿勇为叔。照片是林昱的父亲从上海回厦门探亲时用携带的照相机为三个小伙伴拍下这珍贵的瞬间,地点就在如今的鼓浪屿蜡像馆附近,大海边的榕树下,他们背靠着大海。

这棵大榕树大约有上百年的历史了,从阿勇记事起,它就是老人孩子天然的太阳伞,每到夏天,老人都爱围坐在树下乘凉聊天,孩子围在周围嬉戏玩耍。

那年正是阿勇刚刚从厦门青年会搬回鼓浪屿的第一个春节。那是个特别寒冷的冬天,三个孩子都穿着棉袄,白柄与林昱都穿着皮鞋,唯独阿勇赤脚穿拖鞋。阿勇其实也有三双皮鞋,是在海外的亲戚寄来的,他的皮鞋款式都很洋气,全是进口的,质量好,黝黑发亮。学校要演样板戏就把他的皮鞋都借走了,从此这几双皮鞋成了几个学校的演出道具,再也没还给阿勇。这年的冬天,阿勇只能赤脚穿拖鞋过冬。照片上阿勇的棉衣领子是狐狸皮的,这也是海外的亲戚寄来的。那时学校正在演样板戏《白毛女》,演黄世仁的演员需要一块胡子,老师又来找阿勇,把他的衣领剪去做胡子,老师很亲切地搂着他的肩膀说:"阿勇啊,你少了这块领子没多大关系,革命样板戏更重要!你贡献一块衣领是为校争光啊!"阿勇当时为了争取早日加入少先队,便使劲地点头,从此他穿着那没领口又露着棉絮的棉衣就像《白毛女》里面的杨白劳。

白柄、林昱和阿勇(从左至右,摄于一九六七年春节期间,由阿勇提供)

《白毛女》在学校操场表演了，阿勇伸长脖子盼着他提供的道具快点出现，脸上有掩不住的兴奋。当黄世仁出场时，嘴唇上那片一颤一颤的胡子就是来自他的衣领，他高兴地抓着旁边的同学说："看！黄世仁那块胡子是用我的衣领做的！"同学却故意说："不是啦，那是一把刷大字报用坏的刷子！"其他同学都笑了。这话把阿勇激怒了，他白白牺牲了一块好端端的衣领，却被说成一把用废了的刷子。他的荣誉感顿时消失，心想：要是能为喜儿提供那一头白发或一段红头绳，这样就可以堂而皇之地跑到漂亮的喜儿跟前对她说，你的头发和红头绳是我提供的，她一定会给我一个甜甜的微笑。

　　海外亲戚一直在物质上援助阿勇一家。小时候阿勇胃口不好，为了增加食欲，妈妈总是用香港淘化大同的金标蚝油拌饭给他吃，那是阿勇的姨妈从香港寄来的。后来他才知道，蚝油里面根本没有蚝。记得在一九六五年春节，阿勇妈妈穿着姨妈寄来的大花衣服带阿勇去走亲戚，回来的路上，几个小孩子指着阿勇的妈妈骂：地主婆！阿勇妈妈回到家一气之下就把那件花衣服脱下染成黑色。

　　有一年，海外亲戚又托人带给每位兄弟一人一块手表，阿勇的大哥一拿到手表就把自己关在房间里，怎么敲门也不开，最后打开门，大哥满脸通红，一身是汗，原来他把手表拆了，拆完的零件却装不回去。阿勇倒忘了这件事，可是邻居们却将这事津津乐道了十几年。他大哥这嗜好至今还没改，还是见什么都想拆，拆完还是装不回去。

　　阿勇和邻居小朋友放学后常常到榕树下玩。有一天，他和白柄、林昱把书包放一边，都想把自己所学到的课文拿出来秀一秀，便各自捡来一块砖头，把马路当作纸，把所学过的字都写上,写的内容是:毛主席万岁!中国共产党万岁!打倒帝国主义!打倒修正主义!最后就写:打倒林昱!打倒白柄!打倒李阿勇!他们从榕树下一直写到大德记。

第二天一大早,阿勇和白柄、林昱还没睡醒就分别被带去派出所。三个孩子各自被关在小房间审讯,阿勇吓得瑟瑟发抖,警察向他说明,党的政策是坦白从宽,抗拒从严,问他背后的指使人是谁?阿勇说,这些字是老师教的。警察发怒了,拍着桌子说:"我指的是谁让你们写在马路上的?"阿勇说是自己想出来的,因为这样节约,不浪费纸。他们把孩子们的作业本都拿出来看,一打开阿勇的作业,顿时感到惊讶:"这是狂草啊!"警察问他上面写的是什么字?阿勇说,这是上星期的作业,写什么他也忘了!

这个污点让三个孩子从此没有机会加入中国共青团。

林昱十一岁时就被父母接去上海读书,后来出国留学,如今他定居澳洲,而阿勇在一九八六年也移居美国,白柄留在厦门。

如今他们三位朋友依然保持联系,童年时代的那些趣事,是维系他们感情的纽带,使他们不是兄弟却胜过兄弟。

鼓浪屿的"北贡"

闽南人把"人"叫作"狼"。记得齐秦唱过一首歌叫作《北方的狼》，兴许齐秦也是通晓闽南语的。

在我童年的时候，我的普通话说得不好，通常是词不达意，比方说，"涛兴"指的是刚才，上班说成做工，来去就是要去。很多都是闽南话直译。鼓浪屿本地人讲的都是平腔平调的闽南话，也听说过纯正的闽南话来自鼓浪屿的说法。而那些讲普通话的人我们统称为"北贡"，不管他讲的是南腔北调。在鼓浪屿，这些"北贡"多数是南下干部，可以从他们孩子的名字猜出他们的祖籍。比方说，豫闽一定是河南人，鲁闽一定是山东的，晋芬一定是跟山西有关。新中国成立初期，党中央做出从解放区选派一批年轻干部南下，支援新解放区建设的战略部署。这些南下干部在解放战争时都立了功，几乎每个人背后都有一部烽火硝烟的战斗历史故事。他们不仅在厦门各个领域担任领导岗位，且在全国各省份的政坛上起着举足轻重的作用。南下干部到了福建后成家立业，他们的家属很多是闽南人，也有的是携家带口过来的。

鼓浪屿的南下干部多数居住在一些比较好的房子里。像鼓浪屿的海天堂构，原来叫作"鼓浪屿人民武装部"，那里曾经住过几个南下干部家庭。我家楼下曾经也住了一家，这家夫妻俩都是山东人，女主人长得白皙清秀，嗓门却很大，她的拿手厨艺就是蒸些白馒头、菜包子之类的北方食品，他们家的孩子喜欢捧着巴掌大的菜包子坐在楼前的台阶上吃，把进进出出的几个南方孩子馋得直咽口水。

这些南下干部的子女名字都带有军队色彩。比方说，建国，建军，卫国，卫军，海军，陆军，空军。一到傍晚，那位北方阿姨就会喊着："陆军，空军，海军回家吃饭啦！"有一次，北方阿姨与邻居一位阿姨吵架，邻居阿姨用普通话骂人觉得不够顺溜，不够解气，干脆抄起闽南话开骂，双方大约都能猜出对方骂出来的不是什么好话，两人鸡同鸭讲地对骂了好一阵，直到一方停息下来才罢休。

在学校里，只要是能说一口流利的普通话，都会被学校选去表演"三句半"（传统说唱曲艺表演），或者选去当播音员。那些会说普通话的孩子就像现在会说英语一样受宠，他们也有着高人一等的优越感。

这优越感到如今我身边还存在。我有一位女同学的父亲是南下干部，母亲是闽南人，平常她说的都是带着闽南腔的普通话，可她就是不愿说闽南话。在家里她母亲跟她说闽南话，而她回母亲的是普通话，还一直强调自己不会讲闽南话，似乎说闽南话就会削弱了她南下干部子弟的身份。并非每个南下干部子女都这样，也有很多南下干部子女他们不但普通话讲得很地道，闽南话也同样说得溜。也有北方孩子他们的名字因为被父母念成北方读音，被南方孩子用来取绰号，像我一个同学名叫福江，他的母亲都叫他"府江"，读成了第三声，这跟闽南话"五分"很相似，由此他的外号成了"五分"。还有一个同学叫小明,他的母亲叫成"小咪",大家又跟着叫"小咪,小咪",好像在叫一只猫。 不过南北结合的这些孩子个头通常都比本地人高,皮肤也比当地人白,吃馒头的要比吃稀粥的身体壮实。鼓浪屿有几位比较漂亮的女孩好像也是南下干部的子女。如今,存世的南下干部已经寥寥无几了,"南下干部"已经成了一个特殊的历史名词。

二十世纪五十年代在厦门的解放军

我曾经有一位画画的朋友是北方人,准确地说是安徽人,他是大学毕业后分配到鼓浪屿工作的。平常他说话都带着卷舌,什么耳朵读作"阿朵",衣服读作"褂子",扁食叫"馄饨"。我说他是"北方狼",他以为我在骂他,还我一句:"那你就是'南方狗'!"后来我们就一直这样称呼对方。再后来听说这只"北方狼"去了香港,不知他的卷舌音是怎么适应那个"系唔系"的粤语的。

如果说不好普通话也会说成笑话的，我外婆是印尼人，平时她讲闽南话就有点儿口音。一次，家里来了一位北方客人，外婆平常有抽烟，就热情地拿出香烟问人家："请问您甲昏吗？"（您抽烟吗？）对方回答她："我结婚了，且有两个孩子。"这句话我外婆算是听明白了，继续问："烂的露的？"（男的女的？）客人听了一头雾水，还好我听到了赶快上前翻译，这样翻译来翻译去总算完成了一场对话。

后来学校提倡说普通话，无论上课下课都得说普通话，教师还要进行普通话等级考试。年轻一代的家长大概深知说好普通话有利于写作和方便交流，他们的孩子无论在家还是在学校都一律讲普通话，可惜的是他们教出来的孩子不仅普通话没说好，反而自己的方言闽南话也不会说了。

读者留言

沈红玉：记得我上小学时，学校要求不能讲闽南话，要讲普通话，如果一句讲不来，还要举手，向老师解释，这句话讲不好就继续用闽南话交流。

洋河太守：厦门人很早就称北方人为"北贡"。他们做的贴炉烧饼叫作"北仔饼"。我家背依六九医院，解放军登陆小岛之后，也住进一个北方家庭，夫妇俩带个与我同龄的女孩，小孩与我们一起玩，大人斯文客气，称呼家父家母为"大哥，大嫂"。家父当时每天要到报社写交代材料和检讨，先母是家庭主妇，家里无收入，那家人便介绍另一个北方人来补习数学。大约有一年时间，一家人连工人婢女十二口人，就是靠父母教北方人学习维持生活。那北方学生原有文化底子，聪明又勤奋，尽得我家真传（说是"真传"有点吹牛，但自从先祖父皈依基督教，传教士就教授他几何代数，陈景润的中学数学老师就是我大舅父）。北方学生一年后学成回去，开始还有书信往来，说在北京总参工作，后来不知为何断了音讯。那家租客一家都很善良，让我们一家人从此对"北贡"都怀有好感。

印尼番婆热蒂的故事[1]

热 蒂

载着热蒂一家的客轮经过二十多天的海上漂泊,终于停靠在厦门太古码头。上着白色亚麻绣花上衣,下裹着棕色印花纱笼的年轻女郎就是热蒂。她一手抱着三岁的女儿香榴,一手牵着五岁的儿子玛勇跟着人流走上岸。身后提着行李穿着浅色西装的中年男子就是她的丈夫林隽。热蒂早在南洋时就听说唐山,眼前那些挑担的、抬轿的,就是她对唐山的第一印象。

林隽在朋友的安排下住进了思明北路的一套房子里。唐山的气候跟南洋反差很大,吃的用的也不同。坚持每天冲凉的热蒂每天领着孩子到古井边,将吊上来的井水一桶桶给孩子从头灌下,最后自己也痛快淋漓地浇了一遍。打湿的纱笼贴着身躯呈现高山流水,引来街坊大人

林隽(右)与朋友合影

[1]此篇为小小说。

小孩层层围观。

热蒂的丈夫林隽是厦门海沧人，中等身材，高高的颧骨上架着金丝平光眼镜，挡住那双微突的金鱼眼，喜欢穿着白色府绸的中山装或者浅色西装，手持拐杖，头顶着驼色礼帽，脚穿白色尖头皮鞋，一副绅士派头。街坊邻里都呼他"林番客"！眼看妻子这样不失体统他很是恼火，他拨开人群拽出老婆和孩子往家赶，把一阵戏谑笑声落在身后。恼火归恼火，还得哄娇妻开心，他掏钱雇人每天挑水供妻子冲凉。热蒂并不领他的情，吵着要吃榴莲，要喝咖啡，她要过南洋一样的生活，吵着要回她的国度印尼。林隽随便敷衍她，心里其实已经打好小算盘，早在印尼的时候，他发现自己便血，怕是活不久，又不甘心留下年轻的妻子，把自己打拼出来的产业留给她当陪嫁。他先是把自己的二弟叫到印尼接管他的洗染店，一边骗热蒂说要带她到新加坡和香港旅游。做了一番安排之后他就买了一家人的船票踏上回唐山的船。当船快要靠岸时，热蒂还不清楚自己身在何处，是一位陌生旅客告诉她："娘惹①，前方就是唐山了！"无论热蒂怎么跺脚哭闹也敌不过丈夫连哄带骗的甜言蜜语。

有人告诉林隽，抽鸦片就能止住便血。那时候厦门抽鸦片的人不少，从南洋带来的钱正不知要投哪门生意，为了方便自己抽大烟他就开了一间烟馆。林隽的烟馆隐藏在巷子里，男女烟鬼进进出出，床位座无虚席，烟雾缭绕，烟鬼们沉浸在各自的虚幻世界里。为了让妻子开心，林隽常常拿着钱让年轻的妻子去看电影，打麻将，或者到中梅理发店盘个时尚的发型，热蒂有时也到店里帮忙卷大烟。林隽不便血时就生龙活虎，还拿

---

① 娘惹，南洋人对华人与马来人混血女子的称谓，混血男性称峇峇。所谓峇峇娘惹，即土生华人。

着钱往戏院跑,追着戏班子当铁杆粉丝。当心仪的女旦扭着水蛇腰从水袖里伸出兰花指,林隽立马血脉贲张,从喉咙里嘟哝出:"哇!我的心头肉呀!"

　　热蒂几次发现林隽不在店里就开始坐不住,左等右等等不到这管家的回来。要把老娘留在这里当门神?老娘才不吃你这套!热蒂把烟鬼一个个从床上拉起赶出店,关了门沿街寻找。理发店,茶馆,麻将馆一一查遍,最后在浮屿一家饭店看到林隽正搂着一个浓妆的戏子在推杯换盏,正从怀里掏出手镯准备要套在女子如藕的手腕上。发怒的热蒂像狮子般猛扑过去,掀翻桌面,顿时,哗啦啦一地狼藉。"我塞你老母啊!"热蒂虽然不会讲闽南话,但几句骂人的话她倒学得很快。她鹰爪一样的手抓住戏子的高髻云鬟往墙上撞,不想两臂被林隽用力板住,她一腔的火都汇集在脚掌上往林隽的要害一踹,林隽双手护着下身立马蹲下,戏子在慌乱中趁机溜走。

　　夫妻俩从此没有心思看店,林隽雇了一个伙计帮忙。只要林隽出门,热蒂就尾随,一有敌情就大打出手,从街上打到家里,两个孩子吓得东躲西藏。有一天,香榴看到父亲在咯血,咯血之后的父亲不再外出,绅士般的气质也在慢慢耗尽,夫妻间似乎又恢复平静。在一个午后,林隽拉着热蒂的手:"我恐怕不能陪你到老了。好好保重。把孩子带大。"三句话分三次说完,最后又吐了一摊血就断气了。

　　那一年,热蒂才二十八岁,她哭得呼天抢地,她并不完全在哭她的丈夫,更多的是在哭自己悲惨的命运。埋了丈夫之后,热蒂将烟馆盘给别人,她想带孩子回印尼,可当时的厦门已经沦陷,与南洋的通邮全面断了,包括来自南洋的汇款单。

　　守寡的日子并不寂寞,上门求爱的人络绎不绝。一个穿着日军制服,戴着白手套,腰间别着一把长刀的日本军官常来找热蒂,他怕吓到孩子,进门后就把长刀摘下搁到门后,深深一鞠躬:"娘惹,只要你跟着我,我保证把孩子抚养长大,给他们最好的教育。"热蒂低着头不语,满脑子挥不去的是那把长刀哪天对准她的胸膛,白刀子进红刀子出。她不敢往下想,再想她就要尖叫了。她只有一个劲地摇头,日本军官说十句话她摇十次头。日本军官无奈,在桌子上放了一些钱后悄然离开。不久,又有一个台湾商人上门找热蒂,一样真诚告白:"只要你跟我到台湾,我保证让你衣食无忧,你的孩子就是我的孩子。"热蒂依然摇头。有段时间,良山戏院一位拉二胡的乐手常常领着两个孩子出去玩,给孩子买好吃的,有时会帮热蒂做些重体力的活,热蒂对他心存感激,但是她敌不过左邻右舍的闲言碎语,热蒂不愿当个绯闻多的寡妇,干脆带着两个孩子回到海沧投靠林家。

林隽一家(右侧)与兄弟一家合影

农妇的日子

夫家林府在海沧属于殷实人家，有几所大房子，几亩田地。公公是个清朝末的读书人，算是知书达理，脑后梳着一条长辫子。他把年轻的媳妇叫到跟前来，告诉她："你把林家的后代留下，趁着年轻，找个好人家改嫁。"两孩子一听，扑到热蒂怀里大哭起来，央求妈妈不要抛弃他们。热蒂心酸流泪，两手环住孩子，要求公公给她栖身之处，分她一些薄田，她要靠自己的双手抚养两个孩子。公公叹着气，一手捻着山羊胡子，心想：这番婆到底能守住几天贞节？于是，手一挥，就把屋后的一间小房子划给热蒂，再把后山的几亩田地送她耕作。

热蒂开始学做农妇：挑水，下田，上山拾柴火。她把纱笼改作衣服，学着农妇穿起长裤，农民赤脚上山，她穿着草鞋上山。热蒂在家养猪养鸡，刚开始没经验，养的家禽大部分都死了，热蒂把首饰卖了再买一批家禽，并向人家讨教经验。农村的鸡四处散养，很容易跟邻家的鸡混淆，为了不引起争议，热蒂用针线把每只鸡的耳朵都穿上五彩玻璃珠子，在鸭脖子上挂起铃铛。每当傍晚来临，她用印尼话咕噜噜一喊，盛装的鸡鸭就会从四面八方赶回来。那些日子过得不算富裕，但豁达开朗的热蒂也把日子过得热热闹闹。

新中国成立初期，共产党枪毙地主分田地，热蒂的公公被政府押去观看枪毙的场面，受惊吓之后的公公不吃不喝，几天之后就过世了。热蒂披麻戴孝跟着林家人一路啼哭，当运走棺木的船已经开得老远，人们发现热蒂还跪在岸上抚着一艘倒扣的舢板喊着："爹呀！我的亲爹呀！"人家说："娘惹，你睁眼看看，你到底在哭谁？"热蒂把头布一掀，发现是条破船，竟然破涕"嘎嘎嘎"仰天大笑。

香　榴

　　女儿香榴跟着村里的年轻人到大队扫盲夜校补习文化课，热蒂不放心，怕越长越漂亮的女儿会被人骗走，像当年她年轻时一样无知。她天天陪着女儿一起上夜校，与女儿挤在一张桌椅上，母女上学引起同学的好奇，这让香榴很别扭，回家后把书包往床上一扔说："妈妈你不必再费心了，从今天起我不去上学了。"几年之后，香榴长成水灵灵的大姑娘了，上门提亲的媒婆接连不断。香榴一一拒绝，在城市待过的香榴一心想回到城里去，她不想当一辈子的农民。

　　"大跃进"开始，工厂开始向农村招工了，先是香榴的哥哥玛勇被厦门罐头厂招去当工人，香榴开始蠢蠢欲动，她说服母亲让自己去城市工作，保证工资如数上缴。母亲刚开始有些犹豫，后来农村开始公社化了，大家都吃大锅饭，家里也不能养鸡养猪，留着女儿确实没事可做，就同意香榴到厦门工作。香榴被织布厂招去当纺织女工。工厂三班倒，不提供住处，香榴就暂住在厦门的姑姑家，姑姑把香榴当成免费保姆，只要香榴在家，就得洗全家人的衣服，打扫家里的卫生，还要帮忙姑姑照顾小孙女。上夜班的香榴白天得不到休息，夜班就打瞌睡，纺线常常出次品，为此挨了主管不少批评。

　　香榴的姑姑还经常在香榴面前唠叨她丢了这个，少了那个。刚开始香榴还帮她一起寻找，后来，丢的东西越来越贵重，甚至连金首饰也丢了。"谁看到我的金戒指没？"姑姑在问香榴。香榴知道这里只有自己是外人，姑姑这话里话外的意思是在怀疑自己，她强忍住寄人篱下的委屈，背地里偷偷地抹眼泪。她不敢将这事告诉妈妈和哥哥，怕妈妈再度把自己拉回海沧去。是自己要求来当城里人的，什么苦什么委屈都要自己承受，她在等待机会离开姑姑家。

一天，纺织厂突然着火了，整车间的纱线、棉布被大火烧成灰烬。香榴和众姐妹站在废墟前抱头痛哭，她们为此失业了！正当她们相约到劳动局讨工作时，正好厦门一家新成立的医院要招护理工和清洁工。香榴问招工的负责人："有提供住宿？""当然有！"香榴毫不犹豫地报名了，同来的几个姐妹一听说医院在郊区，不能每天回家，就放弃了。

香榴回到姑姑家把自己的衣物收拾好，跟姑姑告了辞。第二天一早她跳上大卡车来到郊区的这所医院。

涅　槃

这所医院在山脚下，四周荒无人烟。晚上，除了医院亮着几盏煤油灯之外，四周看不到一丝灯光，黑漆漆的山上一朵一朵飘来飘去的磷火，人们都称它为鬼火，白天除了山风就只听到鸟鸣。整个医院的医务人员和后勤人员加在一起不到二十人。刚开始病人都是从其他医院转来的，有的是从社会上收容的，也有监狱送来的病号。由于远离市区，病人想逃都没处逃。香榴的工作是负责挑水，打扫病房卫生，因为护士少，她也要学习打针，学习派药以及轮流值夜班。

医院里有一位年轻的医生叫许礼，鼓浪屿人，是部队转业的军医，他长得白净，不算英俊，但也收拾得整齐，套着白大褂，走路都带风。跟香榴同批进来的几个小护士都明里暗里喜欢他，她们有事没事就去找他请教这个请教那个。

"许医生，请教一下注射静脉怎么打？"几个从没有上过卫校的女工一边说着一边撸起袖子，黑的白的手臂都让他随意拿捏，然后又装着被捏疼地哇哇直叫。就连他宿舍的脏衣服、脏被单都被这些女孩抢着拿到井边去洗，再叠得整整齐齐送回去。香榴看在眼里，从没有跟着她们上去凑热闹，自己该干什么干什么去，她依然坚守那份矜持。

值夜班一般是一个医生配上一个护士，这样，就有机会轮到香榴和许医生一起值夜班。许医生除了教香榴打针，还教她认识药名，又讲鬼故事给她解闷，听得她下了班都不敢回宿舍。这样，许医生就顺理成章地护送她，走到黑暗处，许医生就把香榴拉到身边，她本想挣脱，却乖乖地倚到他怀里。

这以后，只要看见香榴在井边洗衣服，许医生就会悄悄走到她背后，冷不防扔几件衣服在她脸盆里，周围的几个小护士瞪着眼睛望着他，他似乎也在向她们昭示：你们别忙乎了，有人帮我洗衣服了！

半年之后，香榴与许礼在医院举行婚礼。一年之后，热蒂到厦门帮女儿带孩子。

这时候，新的政策要求农村来的工人都回到农村去，香榴的哥哥回老家海沧务农了，而香榴因为已经嫁人，户口落在医院里，不必再回农村。

"文化大革命"时期，香榴将两个学龄前的孩子送去鼓浪屿由热蒂照顾，把最小的儿子留在自己身边。"文革"期间，一些医务人员常常脱班参加派系斗争，香榴作为"逍遥派"留在自己的岗位上。这时候，有人揭发香榴的祖父是地主，工作队立即到海沧调查，村里人都证明热蒂一直和公公分开住。孤身寡妇拖儿带女自力更生没有得到香榴祖父的资助，这样才免了一劫。

孩子一多，他们的生活水平也在下降，好在香榴干过农活，养鸡养鸭不在话下，她在宿舍后面搭起鸡舍，将病人吃不完的剩菜剩饭拿来喂鸡鸭。只要回鼓浪屿，就携一篮鸡蛋回家，那时候副食品都要凭票供应，这些鸡蛋成了孩子最好的营养品。而在香榴工资不多的条件下，热蒂是这样安排孩子们的伙食：到了龙眼上市的季节，龙眼成了孩子们的早餐；西红柿便宜的时候，西红柿整袋买回来，将西红柿伴着白糖就是中午的菜；粮票不够的时候，煮一锅五谷杂粮就是孩子的午餐。但是，孩子们要的连环画、衣服、鞋子从来没有委屈孩子们。

尾　声

七十年代初玛勇凭着印尼叔叔的一封邀请信来申请出国。因为是归侨身份，很快得到批准，那时候香港经济腾飞，而印尼的政局不稳，玛勇决定留在香港，并在香港成家立业。后来，香榴的孩子大了，热蒂就申请到香港找儿子。因为玛勇属于工薪阶层，住的又是政府安置房，生活并不宽裕，热蒂到了香港之后还去制衣厂剪线头赚零花钱。虽然她跟印尼亲戚有了联系，但对于那些热情的邀请信，热蒂却没有经济能力去应付。她几经梦里回到故乡，又含着泪花惊醒，想家的时候，她买个榴莲，吃着榴莲哼着印尼歌曲聊慰思乡之愁。就像诗人泰戈尔说的："这个世界以痛吻我，我却回报以歌。"

八十年代末，香榴退休了，热蒂又回到鼓浪屿与女儿安度晚年。八十岁的时候，热蒂被诊断得了乳腺癌，当手术时医生要家属签字，香榴犹豫不决，而在一旁的热蒂却说："签吧！签吧！我都八十岁了怕什么？"乐观开朗的热蒂手术之后没化疗还活到八十六岁。她自从二十四岁离开印尼之后就再没回过故乡，而她印尼话不仅没丢弃，还学会一口流利的闽南话和不标准的普通话。

二〇〇七年，香榴的女儿跟着合唱团体到印尼演出，她特意将热蒂的照片带在身边，她相信外婆在天之灵一定能够感受到来自家乡的榴莲味和火山的硫黄味。

林家鱼丸担子

凡是到过鼓浪屿的游客都知道鼓浪屿的小吃就数鱼丸最有名。但是,岛上的鱼丸店有十多家,谁也不知道哪一家的口味最正宗、最地道。如果想吃到林家有当年风味的鱼丸恐怕是再没有这口福了。

林家鱼丸店的创始人叫林玉森,出生于福州。一九四七年,二十岁的他从福州来到厦门投靠他的兄长林玉庆,林玉庆那时在厦门中梅理发厅当剃头匠,林玉森凭着做鱼丸的手艺为生。

新中国成立后,他被鼓浪屿的一个部队招去当炊事员,虽然干的是炊事工作,平常进出军营一样穿着威武的军装。新中国刚成立那会儿,社会上掀起一股拥军热潮,看到穿军装的军人大家都会敬重三分。穿着军装的林师傅到市场买菜也会受到卖菜大妈们的关注,大妈们热切地打听林师傅成家没,纷纷要为他介绍对象。一位拥军大嫂主动为林玉森牵起红线,因此林玉森结识了安溪人王碧玉。

王碧玉那时刚二十出头,柳眉凤眼窈窕身段,如果没仔细看她那双红扑扑的手一定会以为是哪一家的千金小

林玉森与王碧玉合影

姐，当时她正在鼓浪屿一户华侨家里洗衣做饭。介绍人把林师傅带到她面前时，她含羞地默许了。

林师傅见到王碧玉自然满意得没话说，结婚之后王碧玉就辞掉保姆的工作专心做她的家庭主妇。他们很快就有了一个女儿，王碧玉没事就到部队伙房里帮丈夫劈柴火，择菜叶，又把一些下脚料捡回家做酱菜。心灵手巧的王碧玉空闲时帮军营里的官兵缝棉袄，做棉鞋。几年之后，她接连生了三个女孩，孩子们都没忘记在军营里度过的那一段美好童年。

一九五五年，林玉森因为胃出血离开了部队。休养好之后又在鼓浪屿区政府的食堂找到一份工作。林师傅的厨艺深受职工们喜欢。在三年困难时期，区政府的食堂和全国百姓的伙食一样缺肉寡油，正餐按人头分配，林玉森那时已经是五个女儿的父亲，家里的饭总是不够孩子们吃，大人只能喝汤咽菜，

王碧玉与女儿合影

有过胃病的他再次病情复发，胃出血频频发生，苍白的脸色引起职工们质疑，有人给领导提意见：病人最好不要掌大勺！领导找林师傅了解情况，林师傅不想丢掉工作，坚持说自己没什么大碍，只是胃有点小毛病，可以工作，领导却坚持让他回家休息，林师傅说："我家七口人全靠我的这份收入，如果我走了全家人就得喝西北风！"领导说："你先回去安心疗养吧，

林家鱼丸担子

等你康复了再想办法。"

离开单位的林玉森想做回鱼丸生意，可是，那个年代鱼都没地方买，想做鱼丸也做不成。一家七口生活陷入困境，他的妻子到处揽加工活干，帮人家缝制棉衣、棉鞋，所得的钱根本不够家里的支出。在没米下锅的日子里，夫妻俩商量要把两个小女儿送人抚养，那时候他最小的女儿三岁，另一个五岁。领养的家庭落实了，王碧玉却不舍得孩子离开自己，每到夜里搂着孩子默默地流泪。

当约定的时间临近了，她给五个女儿换上节日穿的好衣服，领着她们到照相馆拍了一张合影，又向邻居借了两斤米煮了一顿白米饭让孩子们吃饱，再把五岁的女儿和三岁的女儿叫到跟前，一遍一遍地教她们："等会儿有人要带你们走，你们要乖，要喊他们爸爸、妈妈，今后你们跟新的爸爸妈妈就有白米饭吃，还有好喝的甜汤！"

两个小女儿一听到有吃有喝就频频地点头。五岁的女儿就这样顺利被同安人领走了，客人留下五十块钱。小女儿看到姐姐被陌生人带走后心里一阵恐慌，再看到陌生人来家里就躲藏起来，怎么叫她就是不出来见客人。母亲把她从床底下拉了出来，她又哭又闹，让客人无法接近。客人见这小丫头难

林玉森全家合影

以驯服，也就不勉强了。小女儿就这样被家里留了下来。

生活上困难重重的林玉森四处找活做，一些家庭的红白喜事的酒席他都上门掌勺，然而这样的活也不是天天都有，于是他又开始在家里做鱼丸。当时的形势不准个人搞私人经营，一些家族作坊都被公私合营了。他却得到区政府领导特批，准许他在家自谋职业，但价格必须要合理。

做鱼丸的材料相对要求严格，必须使用新鲜的鱼和上等的地瓜粉。那时候市场上新鲜鱼比较罕见，林师傅都要坐船到龙海、角美、海沧等地向渔民收购，做鱼丸用得比较多的鱼有：鲨鱼、加力、马鲛、目鱼等等。采购回来的鱼他让太太和女儿们洗干净，刨成鱼条，剔刺，剁肉，打成肉糜。这些体力活都是他的几个女儿做的。林师傅则负责捏鱼丸，配料，熬汤，最后就是挑着鱼丸到街上卖。如果运气好采购到多一些的鱼，煮好的鱼丸就用竹篦子一筐筐晾干，挂在阁楼上，这样可以连续卖好几天。

煮鱼丸汤要用自来水，鼓浪屿的自来水稀缺，一分钱两担，取水时要排队等候，挑回来的自来水存在缸里备用。有时候，买回来的鱼不多，不到两小时就卖完了。刚开始他的鱼丸都是挑着沿街叫卖，后来，买的人越来越多了，他就在龙头路三百九十六号的巷子口摆了固定摊位。他除卖鱼丸也卖鱼羹，在六七十年代，一角钱可以买五个不包馅的小鱼丸，也可以买两个包馅的大鱼丸。

由于林师傅对材料讲究，为人守信，价格合理，他的顾客越来越多，一些华侨归国都要再度光顾他的鱼丸摊，吃完了还要再带些鱼丸回去。就这样，林师傅做的鱼丸渐渐扬名海内外，新闻媒体也曾几次报道过。但是，生活不总是风平浪静的，有些流氓地痞到林师傅的摊位吃完鱼丸非但不付钱，还会借着酒劲发酒疯胡闹，把整担鱼丸都踢翻在地。每每遇到这种情况，林师傅总是哑巴吃黄连，默默把地板上的鱼丸拾起，把担子收了回家。

后来，林师傅年纪大了，就将鱼丸担子交给女儿、女婿经营。一九九八年由于鼓浪屿龙头路林玉森一家居住的房子要退还给华侨，于是他们一家迁出鼓浪屿，鱼丸担子收摊了。

一九九九年，林玉森的第三个女儿下岗了，在父亲的支持下，女儿继承了父亲的鱼丸担子，注册了"林记鱼丸店"，地址在鼓浪屿泉州路五十四号。林记鱼丸店继承林家的祖传秘方和制作工序，可是，吃过林师傅做的鱼丸的人都说如今在口感上不如从前了。有人说是因为野生鱼产量少了，也有的人说是因为机械的工艺多过手工艺。掐指一算，林家的鱼丸担子从一九四七年开始经营至今已经有七十年了，经过岁月的磨砺，林家的鱼丸担子也成为鼓浪屿上的老字号。

读者留言

萧萧：虽然我离开小岛有三十年了，也吃过许多国内外各地的美食，但只要回到鼓浪屿就必须去林记鱼丸店吃一碗鱼丸，依然觉得很香，美味！

老凳：小时候我只要口袋有钱一定会去吃一碗，真的很好吃，想想以前真有口福呢。现在林家鱼丸的招牌卖给外地人了，所以质量都变样了。

一个老邮递员的故事

黄建发是厦门邮政局退休职工,他在投递岗位工作了四十五个春夏秋冬。从他手上起死回生的信件数不胜数,包括大学生的录取通知书,海外断绝联系四十年的亲骨肉间的信件,烽火年代分离的战友间的信件,伙计找老板的信件等等各式各样充满悲欢离合故事的信件。黄建发个子瘦小,语言和衣着一样朴素,他调侃自己个子小是因为一辈子背负沉重的信件所致。

老邮递员黄建发

为了减轻家庭负担，一九五八年黄建发在厦门思明公社当一名邮递员，那时他还不到十五岁。后来思明公社投递组停办，由邮政局接管，一九五九年黄建发被邮政局收为正式职工。

在网络还没盛行的时代，信息传递多数是靠邮件，当时信件数量特别多。老黄背的邮包大得足够装一床棉被，里面装的全是信件、包裹单、刊物及报纸，加起来有三四十斤重，有时候装不完要分两趟投递。遇到下雨天，还要留出一只手撑雨伞，那把竹骨架的油纸伞不少于五斤，他的负担就更重了。当年厦门邮政局只有一辆汽车，专门用来运送邮件，几辆自行车是给投递区域较远的邮递员专用，岛内线路基本都靠步行。在家书抵万金的年代，邮递员走到哪里都很受欢迎，无论送到百姓家里还是送到军营都很受优待。

当年的中山路、升平路、大同路、大中路、镇邦路一带高层建筑较多，当时五六层楼就算高层了，每封信都要送到客户手里。这些建筑的楼道黑暗狭窄且陡，特别是这一带的一层是店铺，楼道口往往藏在大楼背后或小巷子里，有些楼道进去伸手不见五指，又长年失修，踏上木质台阶嘎吱作响，扶手有的缺损了，没遮没拦，稍不留意就有栽下去的危险。

黄师傅的眼睛还要频繁适应亮暗切换。从阳光下转进黑暗处，又从黑暗处走进光明处。背着沉重的邮袋上楼下楼并不轻松。三年困难时期，食物多以杂粮为主，饥饿的时候胃里常泛酸水。曾经有善良的客户递白糖水给这位营养不良的小青年喝，也有过好心的客户在他送完报纸时塞一块馒头在他包里，四十多年后黄师傅谈起这些往事时就像吃了鲍鱼燕窝一样幸福。

黄师傅是个知恩图报的人，他回报的方式就是更认真地对待工作。但也遇到过刁钻的客户，记得有一次，黄师傅投递一封南洋寄来的信，这封信写错门牌号，要投三百三十三号却写成三十三号。黄师傅不放弃，整条街的打听，从一百三十三号、二百三十三号最终投到三百三十三号，才找到信件的主人。收信时信封侧裂一寸宽的缝，客户说信里两张照片间夹着十片指甲盖大小的高丽参丢失三片，硬是赖黄师傅偷窃她的高丽参，还到邮政局投诉。黄师傅有口难辩，急得直掉眼泪。局里一位有经验的领导安慰他，叫他别伤心，据他分析不可能是黄师傅偷窃，如果偷窃可以将信件直接毁了，还将信送给客户？再说这信是平信又不是挂号信，无从查起。

　　黄师傅的投递足迹遍布厦门的大街小巷，他成了厦门的一张活地图，每条街的店铺门牌号多少他都牢记在心。新中国成立后的地名更改的更改，变迁的变迁，那些早期离开的老厦门人写信回来常常遇到投递困难的情况。比如，一封来自浙江的信件寄给：厦门大同路"正大参行"某某收，这封信被投递员贴上批条查无此人准备退回。黄师傅拿着已贴上批条的信没有马上退回，而是到大同路几家药店去打听谁曾经在"正大参行"工作过。几经周折，终于在罐头厂门市部医药站问到一位曾经在"正大参行"工作过的医药师，他接过信件一看，说收件人是他曾经的老板，老板住在鼓浪屿档柑巷。黄师傅打电话问鼓浪屿邮递员有没有档柑巷，回复：没有！黄师傅不死心，等到休息日拿着信到鼓浪屿街心公园问几位正在打牌的老人，一位老人指着广州酒店后面说："那条小巷就叫档柑巷。"

　　黄师傅走到巷子里打听谁认识这位收件人，一位街坊说这人已经去世，儿子在香港，只有他的孙子住在这里，其孙在外贸公司上班还没回来。那时正是夏天，黄师傅一直守在门口等到主人的孙子下班回来再将信交给他，最终确认收信人就是他的祖父。当他知道黄师傅为了这一封信跑了无数个地方去寻找时，他感激万分，拉着黄师傅请他进屋喝茶，黄师傅摆摆手说要赶着坐船回家了。

还有一次，一位台湾同胞跟着旅行团到上海旅游，辗转来厦门为她母亲寻找失散多年的舅舅。地址是厦门大同路寺庙对面。导游带游客找了一天也找不到，后来到邮局找黄师傅帮忙，黄师傅说："新中国成立前大同路有十来间寺庙，如今多数都拆了。"最后黄师傅再去请教比他年长的老职工，老职工曾住过大同路，一问恰好跟要找的这人是发小，但这人已经搬去大生里，当晚八点多黄师傅带着这行人一起到大生里找，直到找到这家人为止。

一次，一位复员军人托晚报记者寻找战友。地址是局口街十七号，一直找不到这地址。记者来请教黄师傅，黄师傅带记者一起前往局口街，十七号之前着火已经成了废墟，黄师傅就问对面二十六号的人家。住二十六号的老人眼瞎耳聋，她的女儿正好来看她母亲，通过她女儿给老人翻译，一打听说是这家人已经搬往三明，但有个亲戚住天仙旅社附近。黄师傅又带记者去找他的亲戚，直到拿到要找的人的联系方式为止。

还有一封信这样写：厦门民生帽子厂林桂英收。新中国成立前的民生路后来改为民族路，在大同路曾经有过一家"民生帽子厂"。新中国成立后被合并，改为"鹭江鞋帽厂"，最后又归于"厦门鞋帽厂"。黄师傅先到厦门鞋帽厂打听有谁认识林桂英，有老工人说这是他们曾经的老板娘，如今住第四塑料厂附近。黄师傅又赴第四塑料厂去打听，当收件人拿到这封台湾寄来的信件，看到寄信人的名字，信还没拆开眼泪就扑簌簌滚下来。这封信是林桂英的弟弟寄来的，当年姐弟在战乱时走失，后来就断了音讯。其实她名字叫林杰英，福州话"桂英"和"杰英"谐音，地址和名字均写错的信要不是遇到细心负责任的黄师傅，这对姐弟恐怕今生再难相聚了！

还有一封信的地址写：厦门思明东路中国照相馆，邮递员找不到该地址，已经贴上批条打算退回。黄师傅拿着信想亲自再去寻找看看，厦门所有的照相馆他都去打听，问谁认识收件人。大家都说不认识，后来问到大同路一家私人洗相馆，这家洗相馆的老板恰好认识收件人，告诉他这位老职工如今在鼓浪屿风行照相馆工作，黄师傅喜出望外，立即打电话到鼓浪屿风行照相馆，问收件人是否有台湾亲戚。对方马上说："有！"黄师傅便约时间让他来鹭江投递组取信。后来收件人和他的老伴儿一起到邮局来拿台湾兄长寄来的信，还没拆开信件，夫妻俩便激动得眼泪哗哗直流。

原来，当年台湾流行瘟疫时，收件人才十三岁，为了躲避瘟疫，弟弟被送到厦门投靠姑姑，一家人也搬离瘟疫地区。弟弟长大后写信找哥哥没回音，哥哥也找不到弟弟，直到黄师傅把这封信送到，已经分离了快五十年的兄弟俩终于又联系上了。

有一次，黄师傅走在路上被一位六中教师拉住，他对黄师傅说着感激的话，原来当年他的大学录取通知书地址写错，幸亏细心的黄师傅帮他送到，否则就误了他的前程。

这些悲欢离合的故事，黄师傅说过太多，手头上有一些死信，只要用心去找，背后总有一些感人的故事。他常常收到客户的表扬信，有的客户甚至提着礼物到邮局答谢，他说这是他的工作，很平常、很正常，不需要感谢，又将礼物归还客户。一九八九年他被评为全国劳动模范。当电视台和报社记者要采访他时，黄师傅随手拿起几封还没送出去的死信让记者实况记录他寻找的过程，每次都让记者看到真实的感人故事。

说到他的劳模称号，黄师傅腼腆地说："我文化程度不高，我从来也没想过有一天自己会当上劳模。"他对待平凡工作的态度源于他内心的信念，那就是"责任"。如果没有这一信念，我们或许会有理由放弃很多一时找不到主人的信件，而信件背后那些寻找亲人、朋友的愿望及上学的梦想或许都无法实现了！

读者留言

下午茶：家书抵万金，邮递员黄老先生以执着的态度对待工作，非常感染人，值得点赞。与此同时，也说明一座有温暖的城市，应该重视老地名的保护利用，让漂洋过海寻根拜祖的人能够找到回家的路。

道圆：我妈"文革"期间当过邮递员，邮递员肩负着一个时代的重任，当时没有互联网，主要靠邮递员人工建立起来的网络在传递信息，我们这代人难忘邮递员啊！

先生郑南辉家史

鼓浪屿上有位喜舞文弄墨的老人叫郑南辉，今年七十五岁，是我高中时期的数学老师。记得当年他头发浓密，略带自然卷，腰杆挺拔，说话声音穿透力强，夏天常穿白衬衫，冬天穿灰色中山装，戴着一副眼镜，样貌威严，不苟言笑。

有一次上他的课，我正埋头沉浸在课外书里，飞来一个粉笔头准确无误地砸在我的课桌上，我猛一抬头，全班的目光一齐朝向我，我羞愧难当，真想钻到桌子底下。时隔多年，我仍对当年的学习态度感到愧疚，更不敢去拜见老师，因为我碌碌无为，无颜以对。直到那天，同学把他介绍给我："他是郑老师，你不记得了？"我虽说离开学校已数十年，但是郑南辉老师的名字不时地从同学们的谈话间提起。我离校后再也没有遇到他，眼前的郑老师变化真大，个头矬下半个头，声音也弱了，脚步也碎了，浓密的卷发稀疏成白色的寸头。

我走到他跟前问："郑老师，您还记得我吗？"郑老师眯着眼笑："我怎会不记得，凡是我教过的学生我都没忘。"我心想，但愿别记得那个扔粉笔头的细节。

知道他还坚守在鼓浪屿上，我便约了一个日子登门拜访。

郑老师家住鼓浪屿的"亭云楼"，这是一栋重新修建过的小洋楼，一楼是店铺，经营海鲜和珍珠饰品，郑老师住楼上。

他说,这房是他外祖父在二十世纪二十年代与其胞弟共同建造的楼房,郑老师一家三代人都在此成长、读书、结婚、工作、生儿育女。

教育世家

郑南辉的外祖父曾经在云霄一中当校长,后来受聘到集美中学任职。其母吴士柔是他的独生女,吴士柔在毓德女中受到良好的教育,岛上贵族小姐们的娱乐她样样都会:弹琴,打球,唱歌等。后来她考进师范,在龙溪工作期间邂逅了英俊儒雅的龙溪人郑时雍。

郑时雍毕业于龙溪师范,两人相恋之后,郑时雍入赘吴家,夫妻俩都在普育小学当教员。他们共生育了七个孩子,一个不幸夭折,剩下四儿两女,郑南辉是老幺。

外祖父在抗战前去世,抗战期间,郑时雍夫妻双双失业,全家的生活陷入困境,有一度日子过得非常艰辛。抗战结束后,夫妻俩打算到台湾谋生。临走前,小儿子郑南辉哭闹着不让母亲离开,母亲挪不开脚步,转头对丈夫说:"我等下一趟再走吧!"孩子还小。郑时雍只好先走,谁也没料到这一别就是四十年。

郑时雍在台湾一所中学谋到教语文的职务。一九四七年台湾"二二八"事件发生,台湾当局四处逮捕外省人。危难时刻,当地一位寡妇以假妻子的身份掩护了郑时雍,寡妇有个七岁的儿子叫昌泽,患难相交的孤男寡女最终假戏真做生活在了一起,他们还生了一个孩子,就是小女儿郑美真。

一九四九年之后，两岸音信断绝。

留在大陆的吴士柔用自己的薪水撑起全家人的生活。那时候她在康泰小学当教师，每天从家里徒步到学校需要半小时，为了节省时间，早晨从家里带盒饭到校，有时还将午饭分点给饥饿的学生吃。发薪水的日子，那些薪金在口袋里还没捂热，邻居就上门借钱，吴士柔的爱心泛起涟漪，二话没说掏出钱塞在邻居手里。

吴士柔在教育子女方面没有多费口舌，她的言行举止就在教导子女怎么做人，如何同情弱者。到了月底，邻居再把钱零零散散还上，凑不够数吴士柔也忽略不计。

郑南辉时常半夜醒来看到灯光下的母亲还在批改作业，有时手里握着笔睡着了，作业却还没批完。几个兄弟姐妹都很懂事，生活上尽量不给母亲添麻烦。大姐郑希真小学毕业后留在家里帮母亲料理家务，一边还自学文化课，直到一九五五年她考入厦门师范学校，成为一位人民教师。

小时候的郑南辉结交的多数是穷孩子，他们一起结伴在垃圾堆里寻乐趣，那些玻璃珠子、烟盒、果核、糖果纸经过他们的小手一摆弄就成了玩具，那些铜丝铁线或玻璃碴卖了换来一些零食吃。捡来的网兜、牛皮纸袋，能兜住书本就是书包，他的书包就这样不停地更换。

家里常年白饭伴盐巴，不知肉味的他就想办法开荤。夏天，抓来许多知了去头掐尾留着中段，用浸湿的草纸包裹起来，放灶膛里烧，待到草纸烧干夹出纸包，就有一包可口的肉吃。可是有知了的季节很快就过了，于是他又去挖海蜈蚣来钓鱼，钓来的鱼给全家人改善伙食。

小学五年级时，郑南辉就懂得为家里分担一点重担，清晨四点半就赶到油条店里赊了一筐子的油条，背着筐子沿街叫卖。

鹿礁路、复兴路、福建路一带有钱人多就到那一带叫卖，清澈童声传遍街头巷尾，走一圈大约就天亮了，油条也基本卖完了。他赶回店里结账，把剩余的油条带回家吃，结余的钱交给母亲。

遇到龙眼上市的季节，他也不错过赚钱的机会，龙眼和油条都压在肩上一起叫卖。由于营养不良导致他个头长不高，常年都是班里的一号种子，即一排一号。唯一的好处就是那身衣服不用因为身高的变化而修修改改，他可以放心地把它们穿成网，最后烂成缕。上了高中他还是班里的小毛豆，邻居的老阿婆看不下去了，每次杀了鸡都要留一碗鸡汤加上三七粉端来给他喝，几次之后，郑南辉的个子果然抽长了。

在苦难的童年里，郑南辉一年四季都打赤脚，直到小学毕业都没穿过像样的鞋子，那双脚最能体恤他生活的冷暖：夏天被炙热的地面烫得起泡，冬天冻得长冻疮，脚后跟皲裂了一道道血口，上课时两只小脚丫彼此相惜交缠取暖。

长兄如父

郑塘比郑南辉年长十岁，长相英俊，皮肤略黑，外号叫"梧桐"。在没有父亲的日子里，大哥用他瘦弱的双臂搂着南辉，哄他入眠，给他父亲般的温暖。郑塘是英华中学的优秀生，曾被学校免去三年学费，给家里省了一笔钱。解放厦门时，郑塘参与地下党活动，有一次，他领着一位穿军装、戴领章、插着驳壳枪的解放军到家里,那身装备把郑南辉给镇住了。

同年郑塘考上厦大生物系,他毅然放弃了,他的心愿是要上无线电专业,他预测未来是无线电的天下。直到一九五一年,他如愿考上厦大机电系。一九五四年,全国院系调整,厦大机电系被合并到南京工学院,郑塘毕业那年正好郑南辉也初中毕业,为了减轻家庭负担,他决定报考财经中专,并把想法告诉了大哥,很有主见的大哥直接打电话给鼓浪屿二中,阻止弟弟报考中专,要他继续上高中,所有的费用由他承担。

大哥郑塘研究一种零件叫"电桥",为了查阅国外的资料,郑塘自学四种语言,终于在一九六三年他因发明了"电桥"被国防委授予三等功,鼓浪屿区政府敲锣打鼓上门送喜报。郑塘挂上了上尉军衔,晋升研究室主任。那年,郑塘爱情与事业双丰收,毕业于北航的王菊文与郑塘结为伉俪。

郑南辉第一次从福州到南京是在一九六〇年,那是困难时期,上大二的郑南辉因长期营养不良而患上水肿病,郑塘知道后让弟弟到南京过寒暑假,每天让他吃上一斤白馒头。

郑塘的单位是解放军信息产业部电子研究所。郑南辉首次看到跟大学一样大的工厂,第一次见到上千元的晶体,他惊叹的同时也油然升起一份对大哥的崇敬。南

郑塘

辉从小就和大哥最好,小时候哥哥发现南辉的脚背上长了鳞疣,连哄带骗拖着他去找江湖医生,刀割肉的钻心疼痛让南辉大喊大叫,大哥笑他:"你还是男子汉吗?邱少云被烈火烧身的故事你听过吧?你这一点点痛算什么!"郑南辉咬着嘴唇不再叫喊。兄弟间的感情就在这日积月累中建立起来。记得大哥胃肠炎住院期间,南辉每天提着母亲炖好的瘦肉汤从鼓浪屿坐船后再步行到厦大医院,大哥打开热腾腾的瘦肉汤总是要弟弟先尝一口,弟弟骗哥哥说在家吃过了,非要哥哥当着他的面把瘦肉汤喝完。

"文化大革命"刚开始,郑塘的职务被罢免。因为父亲的关系,家里始终是被监督的对象,红卫兵连续上门抄家三天,翻箱倒柜还是一无所获。一九六七年郑南辉参加最后一批串联队伍北上,在南京停留期间他去找郑塘,郑塘的女儿那时刚四岁,在未曾谋面的叔叔面前蹦来蹦去,活泼可爱,还会说自己的名字叫"郑意芳"。

隔年,郑塘因有个在台湾教书的父亲,在"清理阶级队伍运动"中被清理了出来。没多久,就传来他被迫害致死的消息。郑南辉不敢将大哥的死讯告诉母亲,从南京接回大哥的骨灰盒安放在鼓浪屿西边的山头上,让他长年听海风呼啸。都说母子连心,虽说家里人极力对母亲隐瞒郑塘离世的消息,其实郑母心知肚明,每到夜深人静的时候她都默默地流泪,直到有一天她眼泪流干了,双眼也瞎了。

一九七八年,终于等来郑塘平反的消息。郑南辉和大姐乘上开往南京的火车。火车奔跑了两天一夜,郑南辉的思绪也跟着跑了两天一夜。在大哥的家里,侄女意芳失去以往的活跃,怯生生躲在一边。大嫂说,大哥的离世使两个孩子心灵都受到严重的打击。

在三千多人的追悼会上,领导把"四人帮"的滔天罪行声讨了一遍,然后宣布郑塘的案是错案,是历史造成的错案!可是,这场错案带来的伤害谁来弥补?

教育生涯

郑南辉曾立志当一名工程师,填高考志愿时,老师建议他最后一个志愿可填写师范学院,没料到事与愿违,他被福建师范学院数学系录取。为此他哭了一天,母亲平静地走到他身边:"你父亲在台湾,如此的社会关系,怎么可能进工科?你还是认命吧!"

到了福建师范学院,老生迎接新生的场面感动了郑南辉,他很快就调整心态迎接新的学习。

郑南辉大学毕业那年刚好二十二岁,他回到母校厦门二中教数学,成了六五届初三班的孩子王。或许是因为年龄跟学生相差无几,郑南辉的言行举止带着青年人的活力。上几何课,一道题的多种证明他让学生们各抒己见,学生们都坐不住,都想说说自己不一样的解法,下课铃响了大家还意犹未尽。当年,他还带领学生到野外拉练,一路唱歌喊口号直到把喉咙都喊出血。记得在宣扬"读书无用论"的年代,学工、学农、学军盛行。为了不让学生忘记数学知识,他利用车间的小黑板讲课,用游标尺、千分尺现场讲数学原理。他还曾与市设计院的工程师一起带领学生到某山头实地布点,测量,计算,绘图,让学习与实践相结合。

一次上课时，一只麻雀误闯进教室，几个好动的学生趁机叫喊："抓住它！抓住它！"全班的注意力被这不速之客吸引了，看这情景，他知道如果参与，这堂课就别上了。他随即转向黑板，模拟小鸟的飞行姿势，画出立体几何图形，要求同学们解答，于是大家的注意力又都回到了黑板上，麻雀什么时候飞走却不晓得了。

郑南辉记得七九届他带过的那个班的学生十分活跃好动。郑南辉摸准了孩子们的习性，为了让学生在玩乐中培养学习兴趣，他带领全班登日光岩，让班干部事先将准备好的纸条塞在石缝里，沿着路标往上登，越高处题目越难，学生们一路上一边寻找题目一边解答，看谁解答的题目最多得分最高，到最后评出名次给予奖励。这样在户外上课给学生们带来刺激也带来乐趣。郑南辉曾引用孔子《论语》中的"不愤不启，不悱不发"来作为自己教学的启示。从不猜题，不押题，而是挖掘学生的潜能，调动学生的兴趣。他带过的班级高考的数学分数屡次名列前茅。他提交的论文《浅谈试，堵，疏，导的数学教学方法》荣获市数学研究会一等奖，在一九八八年不记名评选高级教师中，郑南辉多票通过。

因为常年教书导致他咽喉弥漫性充血，声带水肿，再加上一次高考期间意外脊柱压缩性骨折，他一直拖到高考过后再去医院检查，医生说骨胶已经形成，错过了最佳治疗时间。要手术有风险，而保守治疗需要长时间，郑老师选择后者。医生吩咐从此不能久坐，不能久站。他不得不提前五年病退，离开耕耘三十四年的讲台和心爱的学生。

还　乡

一九八六年，大陆与台湾关系缓和，郑时雍经香港寄来一封信。离别四十年想要倾诉的话语都浓缩在一封厚厚的家书里，吴士柔此时眼睛已瞎，她让儿子一遍遍地把信念给她听，她抚着信，吻着信，枕着信，一次次心绪难平。

一九八七年，郑时雍与昌泽先生经东南亚在香港约郑南辉会面，记得当年父亲离开时郑南辉才五岁，对于父亲的印象已经模糊了，可是他多次在梦中与父亲相见：他从黄家渡下海，踏在水上跑，踩着礁石、越过障碍，一直跑过台湾海峡，再从沙滩上爬起，上岸，走在陌生的街道上，沿路寻找父亲的学校，终于找到了。学校围墙太高，他翻墙过去，坐在父亲的教室里听课，被人发现后被驱赶。他大喊："爸爸！爸爸！"惊醒后发现这是一场梦。

接到父亲相约在香港见面的信，郑南辉彻夜难眠，一幕幕悲惨的往事，不知该如何向父亲诉说。见面那天，父亲夸他长得帅。他说："四十年没见你就长成一条好汉了！眼睛怎么红了？"细心的父亲知道了他因熬夜引起眼睛发炎，连忙派昌泽去药房为他买眼药水。父亲向郑南辉打听母亲的身体状况，家里兄弟姐妹的生活状况，又问起最疼爱的大儿子，当听到郑塘含冤去世，老人低下头，心痛垂泪。

第二年，郑时雍与昌泽经香港回到鼓浪屿与妻子和家人相见。那位当年穿着旗袍，婀娜身段，目光清澈的爱妻就是眼前这位穿着灰色上衣，满头银发且已经失明的老人？郑时雍缓缓地走向吴士柔，拉着吴士柔的手凑到她跟前，轻声说："柔！我是阿雍啊！"母亲抬起看不见的眼睛对着他："我知！我知

二十世纪八十年代郑时雍和吴士柔相见时

啦!"父亲的嘴唇动了几下,母亲的嘴唇也抽搐了几下,一辈子都在讲坛上当老师的父母如今在儿女的簇拥下都变得迟钝了,他们要说的话太多太多,此时正在心里面热烈地交流着。四天的相聚后,父亲又回到了台湾。之后每隔两天就来一封信,信上写满对母亲的思念及交代孩子们要对母亲多尽些孝心。

一九九一年父亲去世,郑南辉到台湾奔丧,父亲临终前的遗嘱是:要将他一辈子的积蓄留给他的结发妻子吴士柔。追悼会上,连战题写挽联,因为父亲曾为台湾传授国学做出过杰出贡献。而留在大陆的母亲在儿女的精心照顾下,以一百〇一岁的高龄含笑去了天堂。

杂谈鼓浪屿人的举止、仪表

那天，我接到同学的电话，说是鼓浪屿申遗成功了，世界文化遗产这冠冕加在鼓浪屿小岛上，这不仅仅是鼓浪屿人的荣誉，更是全中国人民的骄傲！他建议我写一篇关于鼓浪屿人的举止、仪表之类的文章，比如：上岛后不能随地吐痰，不能随地大小便，不能在公共场所抽烟和大声喧哗等等。

我忽然想起曾经听朋友讲过，在当年英美工部局管理下的鼓浪屿，不就有这样一条明文规定？赤膊者，语言粗俗者都被拒绝上岸。那时候的鼓浪屿是不是就已经被洋人播下了文明的种子？当年传教士上岛传福音，在鼓浪屿上建教堂，刚开始对信徒进教堂礼拜的着装也有严格要求，比如要求信徒不能穿拖鞋进入圣殿，必须穿有领子的衣服，不能穿短裤等。后来发现这规定根本无法执行，因为很多穷人连鞋子都买不起，勉强能找双拖鞋穿上，不能穿拖鞋难道打赤足更礼貌？民国时期厦门人多数是穿没有领子的唐装，很少人穿洋装。最终，为了传福音，教堂的这些规定不打自破。

直到后来岛上外国人多了，一些华侨和富商也住进岛上，进教堂的文明规定又开始形成。岛上的英华中学、毓德女中等教会学校教育出来的学生言行举止都经过严格训练，培养出来的学生不是有绅士风范就是有淑女风范，不管他们出自什么阶层的家庭。这些学生成家后对子女也同样要求严格，如吃有吃相，坐有坐姿，公共场所不许大声喧哗，不能随地丢弃瓜果皮，吃饭不能出声，饭含在嘴里不许说话，不能在人前挖鼻屎，放屁要远离人群，大人讲话小孩子不许插嘴等等。以至于这些学生到了对岸的厦门岛后，会被人一眼认出他们是来自鼓浪屿的孩子，因为他们身上都有独特的气质。

到了"文化大革命"时期，那些斯文的行为都被称为资产阶级情调，只有大老粗的行为才能代表工人阶级。从此，那些温文尔雅的习惯打破之后就很难再树立起来，公共场合大声讲话也被接受，用脏话代替问候语，随地吐痰，扔纸屑、瓜果皮也没人制止。一些社会青年为了标新立异，衬衫纽扣都不扣，敞开着穿，头发梳作螺旋状，凉鞋踩作拖鞋，走路两只手臂放在屁股后左右晃荡。

不知从什么时候起，在称呼方面开始有了转变，当我被称呼"小姐"时，我一时反应不过来，感觉这是资本主义社会的专利，在这称谓面前无地自容。如今"小姐"又有了另外一层含义。社会的进步也是很微妙的，如今"您好""谢谢"都成为口头语了。比起当年那些粗俗的"吃饱没？""去做工啦？"不知好听了多少倍，也更国际化。

当我们进入一个文明的国度，我们的言行举止是代表自己的祖国，稍不文明的行为就会影响人家对国人的评价，严重点还会给自己惹来麻烦。

还有一个现象，就是乘电梯时，从规定上来说应该靠右侧站立，腾出一侧给后面的行人，可是，很多人似乎不懂这个规定，站在电梯中间，将后面赶时间上班的人堵在后头，这是很常见的不文明现象。可以说，一个国家的文明程度就是看国民的素质。如今厦门地铁已经开通了，鼓浪屿申遗已经成功了，市民们更要注意这些文明规范，为了使家乡厦门鼓浪屿这张名片更加灿烂，让我们用文明的行为塑造一座文明的城市。都说环境能改变人，当我们的文明大环境都形成了，那些不文明的行为就会显得刺眼，如同过街老鼠人人喊打，我相信谁也不愿当老鼠。

第二辑：与昨天对话

鼓浪屿的洋货店

一九三〇年，鼓浪屿岛上的洋人多达五百六十七人，这些洋人除了十三个领事馆的工作人员及家属，也有一部分是传教士和他们的后代，还有一些是在厦门工作把家安在岛上的外国人。这些异邦人在异国的土地上生活，习性却仍要按照他们原来的。一些为洋人配套的设施，比如洋人的教堂，洋人的医院，洋人的球埔，洋人的学堂，洋人的俱乐部，甚至还有洋人的坟墓。

岛上有一家专售洋人日用品的商店叫"惠源洋行"。店里专卖进口罐头、进口烟酒、进口黄油、进口大米和面粉等生活用品。老板叫吴得员，惠安人，他的父亲是私塾教师、举人。吴得员三岁时母亲病逝，十一岁那年吴得员的父亲又不幸离世，父母相继去世后，他投靠外祖母，舅妈要求他每天要砍两担柴回来之后才能吃早餐，喝两碗地瓜糊后继续到地里

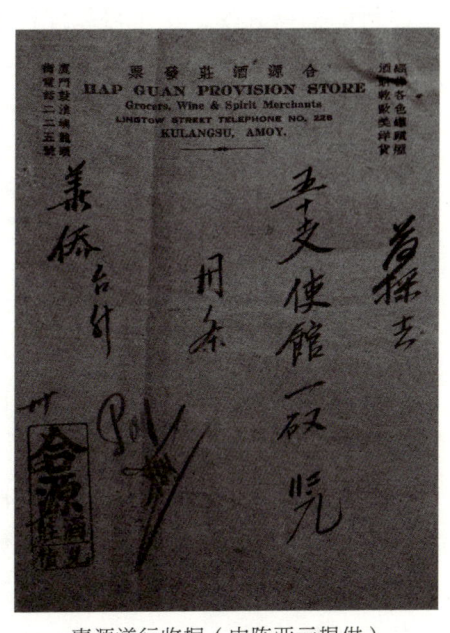

惠源洋行收据（由陈亚元提供）

干活。十三岁时他来到鼓浪屿,刚开始在英国人创办的公司"亚细亚火油厂"当小工,吃过苦头的他对待工作非常勤奋和努力,他自学英语,还把每个月的薪水寄一部分孝敬外祖母。后来他又跟着他的舅父学中西餐烹饪,曾经在海关总督家里谋到一份烹饪工作。他二十几岁成家后凭着在亚细亚公司工作时学的外语基础,头脑灵活的他抓住时机做起洋人的生意。他从小店铺做起,后来生意渐渐大了,在晃岩路、龙头路和厦门岛各有分店。龙头路那家店号称为现代公司。那时进口米多数是供应给海上灯塔,海上灯塔共有三十来个,包括金门、大担、小担的灯塔。中国人和洋人各分管一半,就像当时岛上的工部局一样,七个人当中中国人占三个,英国人当头。灯塔每月准时派人用船来运货,不仅买米,还买油、盐、罐头、烟酒。每到圣诞节和元旦,是洋行的销售旺季,从十月起洋行就要准备订货、备货,基本上每个月都有洋行的货轮载着货物进港口。

鼓浪屿属于万国租界,有十三个领事馆,英国人最早进入,所以权势也最大。随后一些国家也相继在这小岛上设领事馆,有的领事馆依附在银行里,就像荷兰领事馆就在田尾路的安达银行里。这些外国人把家安置在鼓浪屿后,孩子长大了之后却送回他们的国家接受教育。只有日本人不仅在岛上设立领事馆,还开了学堂,他们的学堂就在毓德小学对面,学生背的书包很大,很沉。而中国学生的课本只有两三本,毓德的学生放学后就在后面起哄:"小日本,小日本,你的书包好大本!"日本小孩回头笑笑,又回头瞪瞪,似懂非懂。

一九三七年厦门沦陷,许多百姓都到鼓浪屿寻求庇护,以为这一湾之水的距离能带来安全。一九四一年十二月八日,日军的炮火越过这一水之隔。他们上岸后第一个抓的人就是鼓浪屿医院的院长林遵行，林遵行厌恶日本人，日本人也厌恶他。林遵行是鼓浪屿有钱有名望的代表，日本人懂得中国人杀鸡儆猴这套，头目降服了，尾巴就顺溜了。那时厦门有个"兴亚院"，是日本人专门设立的政治机构，里面有个秘书常常到洋行里买东西，吴老板用英语跟他交流，他很惊讶吴老板的英文讲得如此有英国味，原来他来找吴老板是因为看中吴家的一台电冰箱，三天两头到洋行说服吴老板将冰箱转让给他。

日军占领鼓浪屿后，每到下午五点过后，岛上居民都不敢出门，只有戴着袖章的小部分人，他们可以自由自在地出入厦鼓两岸。大多数百姓家里的窗户都挂起黑帘，还要用纸贴成米字。那时候，每人月供应三斤碎米，二两肉，碎米除了发霉，还有老鼠屎。鼓浪屿那段时间全岛封闭，货物不能进岛，那些洋人派伙计到店里取货，在笔记本上记账，说是等钱到了即还账。吴先生是个讲信用的人，他大方地让这些

日军占领鼓浪屿时期所摄的日本兵
（由陈亚元提供）

平常守信用的老客户拿走仓库里的货物，把明细记在本子里。太平洋战争爆发后这些人都走了，很少有人过来结账。

一天凌晨四点，日本宪兵包围了吴得员的家，几个日本宪兵冲进吴家，说是要请洋行老板到领事馆问话。吴得员被送进去后关了一个月才被释放，回家后的吴老板身体大不如前，家人问他到底受到什么酷刑，他都摇头不说。后来陆续听一些被

释放出来的人透露，被抓进去后有些人受不了酷刑，有的咬断舌头，有的甚至跳楼自杀。吴老板被日本兵逼供抗日分子的下落，还威胁他，再不交代就把他送到厦门去。据说，厦门鹭江大厦的旧址当年就是专门关押抗日分子的，当时从那里走过，就能听到鞭刑声，哀号声。一般人进去后很少能够活着出来，不过林遵行院长后来还是出来了。

  三个月之后，吴老板从脚趾开始失去知觉，慢慢一直往上延伸，美国医生夏礼文坐着轿子到吴家为他看病，诊断结果是尾椎骨神经严重损伤，不排除是受刑时落下的。后来夏礼文回国了，回国的不只是夏礼文，那些领事馆的工作人员、传道人员陆陆续续都回去了，英国领事馆的领事和美国领事馆的领事临走之前来向躺在病床上的吴老板告辞："谢谢惠源老板，这半年来都是您帮助我们渡过难关。我非常感谢！"而受惠的其他领事馆的领事们都没来向吴老板告辞。后来吴老板又找日本医院的医生看病，博爱医院的院长也坐着轿子来吴家给吴老板看病，看后依然摇摇头说没办法治。最后吴老板连坐也不能坐就只能躺在床上，这一躺就躺了三年，仓库里的货物全被搬空了。为了给吴老板治病，吴太太把家里值钱的东西都变卖光了，还是没能治好她丈夫的病，在抗战胜利前的一九四四年，吴得员因病去世。抗战胜利后，吴家人靠卖"惠源"名号的外贸额度维持了几年的艰难日子。从此，惠源洋行在鼓浪屿销声匿迹了。

风行照相馆

影像不仅记录着岁月的痕迹,也记录着时代的风貌,历史的瞬间,是黄金岁月留下的美好记忆,更是历史的见证和客观现实的记录。

当我们将时光追溯到民国时期,会惊愕地发现弹丸之地的鼓浪屿就有二十几家照相馆,有美璋、荣芳、英明、荣华、宛真等。根据文史专家高振碧老师手上的照片资料考证,美璋照相馆的诞生不晚于一九〇〇年,是一位名叫美璋的摄影师创办的,照相馆以他的名字为店名,它属于英资,在香港、汕头、青岛都开设有分店,汕头分店和青岛分店都没有鼓浪屿分店的名气大。可见当年岛上小康家庭还真不少,否则这么多照相馆怎么生存?这些照相馆的摄影技术在当时属国内领先地位。从照片上我们看到的人物气质、服饰、发

荣芳照相馆所摄照片(由陈亚元提供)

型都典雅整洁，可以想象鼓浪屿曾经有过怎样的繁华，也窥探到民国时期闽南风俗一隅。那些照片的装裱也十分考究，卡纸对折将照片镶在其中，四周有钢印的凹凸的花边作为衬托，右下角盖有照相馆的店号。

龙头路一百一十四号"风行照相馆"最早的店号就叫"美璋照相馆"，一九三一年由一位姓李的广东人接盘经营。而真正的"风行照相馆"地址是在泉州路废品公司二楼。当时灯光设备差，基本上都靠自然光，选择二楼是因为光线较充足。照相馆由牙科医生戴清禄出资，用他夫人的名字注册法人代表，请邱梦影（龙岩人）担任摄影师傅。工资按每月利润平分，约一九五二年到一九五六年间才搬到龙头路（将美璋照相馆改名为风行照相馆）。这间店其实是由岛上三家照相馆构成，即美璋的店面，风行和艺光的师傅。据岛民回忆，新中国成立初期，岛上还留有五家照相馆，有风行、标准、艺光、菲律宾等店号。菲律宾照相馆的位置在当时的龙头路十五号，现在的二十三号，老板姓曾，他家照相的特点是可以拍半寸照。在龙头路三百一十四号的照相馆叫"标准照相馆"，后来该店老板生病，于一九五九年关门歇业。

"文化大革命"时期，风行照相馆一度改名为"红星照相馆"。"文革"后期，又恢复原来"风行"的名字，只是前面加上"国营"两字。七十年代，能拥有照相机的家庭还是凤毛麟角，拥有者也不像如今的摄影爱好者般挂着相机四处随意拍照，因为胶卷和洗印都很昂贵，照相是一项奢侈的消费。当年，凡是到照相馆拍照都是比较隆重的事情，除了拍毕业照和全家福之外，再者就是结婚登记照、工作照和小孩生日照。照相是鼓浪屿人当时不可缺少的精神文化生活之一。

我很少走进照相馆，只要经过就会驻足浏览橱窗里那些姣美的容貌，巴望自己也有她们那样的美貌。橱窗里的照片都是经过人工上色的，多数摆的是女性头像，儿童照片，男性头像以工农兵造型为主，女性就不同了，有扮村姑，扮军人，扮淑女等，有正面，侧面，俯冲式，回眸式。

我记得当时电影院刚刚重新上映电影《冰山上的来客》，照相馆就有了古兰丹姆的造型，用一条围巾裹住头和大半个脸，只露出一双犀利的眼睛。时尚的照片多数是手捧塑料花，头戴草帽，脸偏一边做甜美状。

那时，同鼓浪屿风行照相馆一样风光的还有艺林、新风、人民、公园等照相馆，它们分别在厦门思明南路，中山路等处。

记得在电影《海霞》担任女主角的吴海燕的照片曾被放进新风照相馆的橱窗里。当时，照相馆的橱窗堪称时尚窗口，只要照片能摆进照相馆的橱窗就是公认的美女，人们的审美也只停留在脸蛋上而不苛求整体美，凡是谈对象相亲也只要求先看头像照片，有感觉再谈见面。我们常常将这种照片称为标准照。

我家曾经去照相馆拍过几次照，有全家福，我和弟弟的合影，小时候的生日照。当时拍一组一寸头像是五角钱，洗一张是五分钱，放大加彩色就不等价了。照相馆一楼是收银柜台，柜台后方是手工修复照片的桌面和人工上色的工作间。沿着楼梯的墙面挂有放大的彩色照片，二楼才是摄影室。几张简易的椅子，一层层的手绘布景，还有供小孩拍照的木马，铃铛，轿椅。

一到节假日，照相馆的生意就十分红火，甚至出现排队的现象。人们在照相之前都会精心打扮，有时衣服还是向别人借来的，摄影师为了抓拍愉悦的表情，就用风趣的语言或货郎鼓等道具来逗客人和孩子开心。

记得当年我去拍小学毕业照的时候，我把辫子梳得溜光，抠下几丝刘海，系上红领巾，坐在一张椅子上听由摄影师摆布。离我几步远的地方是一台照相机，它装在一个木架上，盖着一块黑布，聚焦是靠摄影师钻进黑布里进行调整，然后摄影师再离开黑布，开始对人的角度、表情进行导演，最终捏下手里的气囊按下快门。

　　我由于紧张过度，脸上的肌肉不停地跳，拍出来的照片只留下呆滞的表情。随着年龄增长，我慢慢喜欢照相了，有时是因为借到一件漂亮的衣服而赶着去照相，有时是剪了一个满意的发型而去留影。拍了几次，我再也不会对着镜头脸部抽筋了。

　　岛上居民不会忘记曾经发生在照相馆门口的一起惨烈事故。那时照相馆对面有一条斜坡，斜坡通往天主教堂、协和礼拜堂及日本领事馆，而斜坡下方是一口三孔井。每天，从岛上收集屎尿的粪车都要从这条坡下来再送往黄家渡码头。

　　七十年代中期的一天，一位工人拉着满载的粪车从坡上俯冲下来，由于那条斜坡太陡，整辆车直接往照相馆的橱窗冲去，板车的把手插入橱窗，顿时，玻璃片如菊花开放，车破黄水四溅，靓照也被污染了，锋利的玻璃片刺进工人的胸口，鲜血像开闸一样喷射而出，工人倒在血泊里，身上打补丁的衣裳被血染得均匀且鲜艳。这是岛

美璋照相馆所摄照片（由陈亚元提供）

上居民不忍再想起的一桩事故！为防止悲剧再次发生，后来在这条斜坡上加了几级台阶。

　　进入改革开放时期，个体照相馆遍地开花。彩色照片开始代替黑白照，加上数码相机的普及，冲印相片的快捷，风行照相馆逐渐失去往日风采，曾经的国营企业被划归到集体所有制企业，属于饮食公司旗下，跟理发店、饮食行业统一归属。记得风行照相馆最后一任经理叫郭家荣。从民国时期就在全国有着领先地位的风行照相馆在无声无息中被市场淘汰。九十年代，这条街被政府征用，风行照相馆被拆，三孔井被填，三友假日商场取而代之。

读者留言

　　易禅：风行照相馆是老鼓浪屿人的回忆，很值得写！现在鼓浪屿上看到的多数是外来文化，难怪鼓浪屿老居民说鼓浪屿现在是"安徽台湾岛"。希望作者多写一些老鼓浪屿人心中的遗憾。

黑猫舞厅及其他

交谊舞早在十一二世纪就诞生于宫廷，那是将民间的舞蹈加以提炼和规范而形成的特定舞姿，高雅中带着繁杂，拘谨中带着造作，只有宫廷里盛行，是专门供贵族们欣赏的舞蹈，是贵族们的特权。

法国大革命之后，"宫廷舞"开始进入民间，是无论社会哪个阶层都可以跳的社交舞。二十世纪二十年代，交谊舞传入中国。当时几个大城市及通商口岸都很盛行，上海尤其流行。四十年代上海的舞女就达三千多人。那时候舞女的代名词是"弹性女孩""货腰女郎""蓬拆姑娘"。当红的舞女月收入可达八百万元，而低档舞女月收入也近十万元，可见交谊舞对当时娱乐业的影响。

五口通商口岸之一的厦门也不例外。娱乐场所厦门有"大千娱乐场"，舞场有"蝴蝶"和"羽衣"两处。蝴蝶舞厅地点在应菜河，经理叫郑德明，三楼设咖啡馆，四楼是舞场，舞女是来自上海、台湾和厦门的女性。"羽衣"的舞女多数是日本女性，少数是台湾女性，地址在海后路大千旅社四楼，老板是日本人石川兵马氏，一九三八年十一月三日开业的。

新中国成立前，鼓浪屿上有一家人人皆晓的舞厅，那就是有名的"黑猫舞厅"，地点在鼓浪屿永春路，创建于一九三〇年，老板是当地名流，曾历任台湾公会长。

龙头路Ａ三十二号至二十五号有一家"大都会舞厅"。据说，当年为了吸引顾客，特意从上海请来一批舞女作为台柱，舞厅里夜夜歌舞升平。厦门曾有一位红牌舞女叫潘秀美，人长得无可挑剔，舞又跳得摄人魂魄。为她吃醋的舞伴不计其数，她却爱上一位身穿将领军服的国民党官员。一九四七年九月，国民党政府下达"禁舞令"，全国各地营业性舞厅先后停业。理由是"整饬纪纲""戡乱建国"。蒋介石认为舞场的风气与"新生活运动"背道而驰，且有损社会风化与社会治安，因此颁布禁令。所有的舞厅也因此关门歇业，舞女们各自寻找出路。

一九四九年的秋天，共产党的军队打入厦门，国民党军队即将连夜撤退。潘秀美眷恋自己的故乡，不愿随这位官员一起撤离。几句争吵之后，这位官员将已经备好的硫酸泼向花容月貌的潘秀美，然后连夜跟着大部队逃离厦门。

被毁容之后的潘秀美万念俱灰，几度想自杀，后来她跟着一位瞎子艺人，人称"孤线弦"的男子成为搭档，一个拉琴，一个唱歌，他们成了一对街头艺人。

"四人帮"下台不久，可以说中国的文艺复兴就此开始，那些之前被禁锢的电影、书籍重新与世人见面，就连被列为资产阶级生活方式的交谊舞也开始盛行。加上七十年代末手提式收录音机刚被人们所认识，大家称它为"三用机"，具备录、播、收三个功能，且便于携带，有两个或四个喇叭。插上盒式录音带就能听到来自港台的"靡靡之音"，邓丽君、刘文正就是那个时期走进千家万户的。

随着流行歌曲的盛行，八十年代初，一些家庭舞会也如雨后春笋般呈蓬勃之势，一些居所稍大的家庭最受舞迷们青睐，有的人家虽然客厅不大，但宁愿把桌子、床铺拆了也要腾出地方让舞迷们跳得脚踩脚。

我那时属于待业青年，认识一个家住厦门的女孩，名叫秋莉，秋莉个头不高，黄蜂般的腰身，小巧玲珑的五官。她常常盯着我看："要是再有跟你一样的双眼皮我就更美了。"我说："你也太贪了吧！你是不是不迷死众生不罢休？"她穿着港台流行服装，走在路上不时会引来口哨声。喜欢与我来往的原因是因为她喜欢鼓浪屿，喜欢鼓浪屿的优雅，喜欢鼓浪屿的干净，她穿着靓丽的服装走在鼓浪屿的街道上才能称得上应景。我第一次涂口红就是秋莉带我去戏曲用品商店买的戏用口红，颜色是山茶红，一管一块一毛钱，在那个还没流行化妆的年代是她带我领先了一步。

秋莉会跳交谊舞，从小跳忠字舞的基础使她跳起交谊舞来很有天分。我跟着她去参加过几次家庭舞会，地点有时在厦门的朋友家，有时在鼓浪屿某华侨家里。那时候我不会跳舞只能坐在角落里看。舞厅的简陋和舞迷们的着装非常搭配，一盏昏黄的电灯照着十几个跳着舞的男女青年，墙边的椅子高高低低摆成一排，会跳舞的男伴最受女性青睐，无论是穿拖鞋或穿背心，只要会跳舞的都没闲着。一首"来来，别害羞，快到我的身边来！要接受我那真挚的爱"的迪斯科歌曲响起，一对对男女青年像斗鸡一样亦步亦趋。

秋莉还会自己胡乱编动作，几个夸张的动作看得我眼花缭乱。这时，有人悄悄走向我，伸出一只手要拉我一起跳。我抬头，是一个梳着螺旋发型的男青年。"我不会！""我教你！"他把我带进舞池走了一圈，我木偶似的步伐让他感到乏味，接着梳着螺旋发型的脑袋贴在我耳边说："我们出去走走吧？"那更不行！我趁着他再次踏进舞池时悄悄退场了。跳舞的时候陌生人可以肆无忌惮地邀请任何一个女性跳舞，可以任意拉女孩的手，搂女孩子的腰。

也许是因为爱跳舞的人太多，八十年代初鼓浪屿开了一家舞厅，叫"琴岛舞厅"，地址就选在鼓浪屿轮渡公司附近，大约深知舞迷们多数来自厦门岛，这样方便住厦门的舞迷们能赶上最后一班船。舞厅门票也就一两块钱，有乐队伴奏。后来三丘田码头也开了一家，也有乐队伴奏，记得还有歌手唱歌。跳舞也引来是非，有的因为跳舞而打架，也有人因为跳舞而离婚。后来舞厅一家一家关门了，而那些正规的交谊舞归入体育舞蹈，时常还能从电视上看到那些走着狐步，扭着胯部的跳舞比赛。而如今那些当年爱跳舞的年轻人已经成为跳广场舞的大妈了，她们踏着记忆中的旋律，舞着美好的明天！

读者留言

约等于：六七十年代，潘秀美在文化宫警察亭后面的食杂店工作，后来调到乔亭口的食杂店。她有比较轻微的间歇性精神病，她一直很美，身材也很好。脸上一片红色，有时会很明显，但不会恶心，虽然小孩子看了可能会怕。

鹭江春秋：潘秀美是台湾人，在日据时代与台湾男士同居并合开"鱼虎店"，地址位于霞溪路与思明东路交叉处，专门经营鱼卷、鱼条之类，后来两人分手，散伙。新中国成立前夕，潘秀美回台湾探亲，此前同居过的台湾男士得知消息后便前往纠缠不休并下毒手（泼硫酸）。潘秀美痊愈后回厦门继续跳舞，但生意不如前，一日，她与姐妹们郊游经过一坟墓前，触景生情号啕大哭，不久就疯疯癫癫。（网友所说情节与作者文中所述有出入，但年代已久，实情已无法考证。——编者注）

闽南圣教书局始末

坐落在鼓浪屿福建路四十三号的是一栋三层的红色楼房，与鼓浪屿那些豪华气派的别墅相比，她显得朴素无华。就是这栋不起眼的小楼曾经承载着一段传教文化的历史，这里是当年闽南圣教书局的旧址，是闽南教会用来服务教徒的书店。

当年传教士为了拯救人类灵魂踏上这个美丽的小岛，想方设法要把上帝的话语传给生活在这片土地的百姓。传教士遇到的第一关就是语言上的障碍，迫切传教的愿望促使传教士们挑选了十八个罗马字母，并将一些字母改用送气方式发音，创建了一个二十三个字母的字母表，并加上一些变音符号用来拼读闽南话，这就是最初的白话字。学汉语没有捷径，必须要分几个步骤学习才能对话。而白话字可免去学汉语的诸多环节直接沟通，后来白话字被落实到书面上，课堂上。这样，《圣经》就可以在短时间内进行推广。

白话字在另一枝头上开出了并蒂莲，那就是汉语拼音。

当年同安人卢戆章因科举落第而在私塾教书，后又到新加坡留学专门攻读英文，三年后他到了鼓浪屿，以教华人英语和教洋人汉语为业。他曾参与翻译《华英字典》，他洋为中用，研究白话字的切音字，经过他十年的研究，在一八九二年创制汉字拼音，著成《一目了然新阶》，成为中国汉语拼音的鼻祖。

当传教士找到了传福音的途径——白话字，这种白话字的便捷使许多从来没上过学堂的闽南人从此能够阅读《圣经》，《圣经》有一千一百多章，三千一百多节，一百多万字，能够读懂的人基本上要具备中学以上的水平。而有了白话字，无论大人小孩都能开口读经颂诗。

白话字的普及同时也走进课堂，当年鼓浪屿中小学每周都有几节课用来讲白话字课文。我曾经遇到一位目不识丁的老阿婆，她称自己没上过学，但是她很会祷告，在祷告时对《圣经》里的篇章运用准确，让我怀疑她是否真的没文化。后来她告诉我，她认识罗马字，能用罗马字阅读《圣经》，用罗马字写信。这样的群体还能称为文盲吗？

白话字要推广离不开印刷。安溪人白瑞安所开的萃经堂原来以印刷金银箔和刻字为业，曾刊印过《三字经》《千字文》等启蒙读物用以出售。后来，白瑞安为基督教会印刷白话字的《圣经》《圣诗》以及《闽语注音字典》等。白瑞安原来信奉佛教，借以基督教书籍的感染和与教会人员的往来，他转为信仰基督教。

一九〇四年白瑞安去世后，由其长子白登弼接管萃经堂。他接管萃经堂后不断发展业务，把萃经堂经营得有声有色。一九〇七年，他从美国（一说英国）购进一台手摇活版印刷机，首开福建铅字活版印刷之先河，比上海商务印书馆还要早使用活版印刷。紧接着聘来外国技师，将手摇操作改为半机械化，业务发展颇为迅速。由此《闽南圣诗》《闽语注音字典》等白话字书籍被萃经堂大量印刷。白登弼英年早逝，有人说是因为他每天接触铅字引起铅中毒。

教会的各类宗教书籍渐渐多了，一九一八年教会为信徒专门开了一家书店，叫闽南圣教书局。闽南圣教书局的地址选在鼓浪屿大埭路（现龙头路四百四十六号），月租五十大洋。

一九三二年书局又迁移到现福建路四十三号并扩大业务，庄逸清担任总经理。

在庄逸清接管之前，闽南圣教书局原本由一位叫叶晏成的经理管理。叶晏成利用书局的门面与资金经营文具和其他与教会无关的教科书，从中谋取私利，后来他又开设地下钱庄，有钱之后的叶晏成并不是将钱回报给教会而是拿去赌博，把书店交给其子经营。终有一天，钱庄赔本倒闭，几十个债主一起挤到书店门口讨钱，这给当时的教会和岛上居民留下极其恶劣的印象。

闽南圣教书局因此关门整顿，董事会吸取了教训，公开甄选接任的经理，报名的人数有三十多位，庄逸清就是其中之一。庄逸清是福建惠安人，当过教会传道人，教会小学教员、校长，美华中学国文教员等，他为人正直，秉性忠厚，其妻子又是善良老实的基督教徒和贤内助，是三十多人中的首选，在董事会投票中庄逸清以多票胜出。

庄逸清

董事会对经营者采取严格要求，并拟定了一份合约，且中英文对照，双方各持一份，条约内容大约是：必须全心全意经营管理教会图书；不得经售教会书籍以外的任何图书及用品；不得兼任其他社会工作与职务；每月结账一次交董事会查核签字；每年在董事会代表监督下盘点一次；如有亏损由经营者赔偿，最后还必须交缴保证金五百大洋，如有违约将从保证金中扣除；五百大洋交给董事会保管并付利息，经营者退休时将全额归还。合同上的董事方由代表洪显理、力戈登签名，经营者由庄逸清签名。

庄逸清对于合同条例基本都默认，只有那笔保证金很难拿出，要求董事方在这项条例上能宽松对待，董事会却丝毫不让步。情急之下庄逸清的贤内助找她的谊母余传书牧师娘借，余牧师娘经家里人同意后从银行取出五百大洋借给庄夫人。后来庄夫人参与民间互助会，用五年时间还清这笔钱。

董事会给庄的薪金是按每月七十元大洋支付，每三年提升一次，一次额度为每月增加五元，庄逸清每月必须从薪金里抽出百分之十交给董事会，董事会再附上相等的金额一起存入银行作为庄先生的养老金，待他退休之后如数退还以作为他年老的保障金。合同签字后，庄逸清即辞去美华中学语文教师的职务，于一九二八年一月就任闽南圣教书局的经理职务。

庄逸清刚刚接手时，书局由于长期失于管理，图书混杂不清，虫蛀，缺损，积尘盈寸，整理修复的工作量大，想要尽早恢复营业似乎难于保证。庄逸清向董事会提出申请，请求让其儿子庄迺昌协助整理，不向教会另索取报酬。董事会派人现场视察之后同意庄逸清的请求，在父子俩同心协力不分昼夜地清扫和整理下，书局以崭新的面目重新开张营业。三年之后，随着书籍的增加，董事会认为书局单靠一人工作确实不够，就将庄迺昌聘任为书局的正式员工，每月工资为十五大洋。

庄逸清的妻子黄和甘

根据闽南圣教书局的相关资料显示，在一九二〇年之前书局共出版了八百七十八本罗马白话字书籍和一千一百零一本汉字书籍，最新修订并重新印刷的罗马

庄逎昌与妻子合影

白话字书籍之一就是脱销数年的《天路历程》。闽南圣教书局还协助发行罗马白话字双月刊《教会信徒》，这份刊物通常由女传教士联合编辑。此刊物每份仅售几分钱，差额部分由圣教书社弥补。每年发行二十六期的刊物当中包括堂会新闻，学校新闻和国家新闻，还有罗马白话字书评、卫生方面的文章。到一九二〇年为止，这些刊物拥有一千多名读者。

那时闽南圣教书局所在的房子属于木质结构，长年失修，常常有尘土从天花板上掉落，阴雨天地面潮湿，书籍易受潮发霉，再说这套房子已经租了二十多年，累计缴纳租金约为一万多元，这些钱在当时足够另起一栋房子。这个提议经过董事会研究后一致通过。

于是，在一九三一年，教会募捐了六千多元大洋在洋人墓园对面买了一块地，面积为五十多平方米。经过精心设计，于一九三二年秋天，一栋三层楼的红砖洋楼矗立在福建路与晃岩路之间的三岔路口，门牌号为"洋人墓口一号"。楼房的一楼是书店营业场所，二楼用来堆放书籍兼作仓库，三楼住着庄逸清一家，负一层是两米深的地下室，地下室的面积比楼面还大，延伸到旁边的楼房,抗战期间曾经是难民的避难所。

迁址后的书局又添了许多读物,有汉语短篇小说,格林童话,安徒生童话及宗教画册等,其中《灵粮诗歌》很受信徒欢迎。书局不仅满足本地居民购买也可邮寄到闽南金三角,龙岩、上杭、长汀等周边地区,以及东南亚地区。书籍多数来自上海、南京、香港的出版社。书局除了零售,大部分是靠邮寄给各地教会学堂。

一九四一年十二月八日,日军的铁蹄踏上了鼓浪屿。这时候的庄迺昌已经是个接触进步组织的爱国青年,他把书局提供给地下党作为联络点和收发宣传单的周转站。

闽南圣教书局印章

有一天,他的对接人阿龙告诉他,有位上级要到鼓浪屿办事,要借书局居住三天,庄迺昌接待了这位上级,来人是惠安老乡,讲一口地道惠安话,客人临走之前留给庄迺昌三张苏维埃纸币。新中国成立后,庄迺昌在报纸上认出站在首长旁边的人就是他曾经接待过的上级陈伯达。后来,他将两张苏维埃纸币捐给厦门博物馆,自己留一张作纪念。当年庄迺昌所做的事常常让他的母亲提心吊胆。还有一次,庄迺昌与鼓浪屿几个热血青年不愿当亡国奴,冒着被杀头的危险,在一个没有星光的夜晚,他们攀登到日光岩上,将一面苏维埃红旗插在日光岩的最顶峰上,与在岛上横行的日军对抗。

太平洋战争爆发之后,一些传教士有的被逮捕,有的被集中遣送回国，闽南圣教书局的董事会基本解散，一九四二年一月起，庄逸清父子的工资和养老金也跟着中断。在此期间，厦鼓与内地联系中断，书籍邮寄不出去，也邮寄不进来，生意顿时萧条冷落，生活开始变得艰难。加上粮食供应短缺，庄逸清一家的生活陷入困境。庄逸清的亲友劝他逃到内地去或许还能求生存，庄逸清不为所动，仍坚守在自己神圣的岗位上。有一天，家里的米缸已经见底，眼看着就要断粮了，全家跪着向天父祷告，果然没多久，有人敲门送来四十斤大米，一打听，原来是庄逸清三十年前的一位学生托人运米救济在沦陷区的老师。

庄迺昌全家合影

由于书局属于英美经营机构，庄逸清时常被日军传讯，直到日军投降后，庄逸清才重获自由身。由于庄逸清在受讯期间受尽折磨，加上日军占领时期长期吃不饱导致营养不良，罹患肺结核且日趋严重。一九四八年，他向董事会代表魏沃埌提出辞职申请，并要求董事会退还五百大洋及多年缴纳的养老金，合计四千三百多元大洋。董事会的回复是：由于当初经手的人已经辞职回美国，再经过第二次世界大战的变迁，养老金存款手续遗失，一时无法还清这笔巨款，并承诺庄逸清待教会条件好了，就设法还清。但过了不久，庄逸清就撒手人寰了。

新中国成立后，教会解散。

一九五六年，闽南圣教书局被公私合营，庄迺昌被分配到鼓浪屿新华书店工作,而庄夫人留在书局销售一些所剩不多的书籍。庄迺昌对自己曾经干过的英雄壮举缄口不言,而当年与他接头的地下党阿龙已经在东北一所大学里任党委书记。

一九六六年十月,鼓浪屿房管局与鼓浪屿反帝医院(即鼓浪屿第二医院)的"造反派"闯进书局,强行接管闽南圣教书局,并把所有宗教书籍全部烧毁,强迫庄迺昌一家腾出二楼作为"造反派"的指挥部,又要求他们向房管局缴纳房租。直到拨乱反正后才停止缴纳房租,并将房子归还庄迺昌一家居住。

读者留言

杂念伯:基督徒生命中最美的见证,不是你活得似乎不食人间烟火,口中连串的属灵言语,而是在实际生活中,你与所有普通人一样,经历酸甜苦辣,喜怒哀乐,但在这一切之中,因为有信仰而更坚韧,更达观,更有盼望。

厦门精神病医院

作者母亲的工作照

厦门精神病医院,这名字听起来让人不寒而栗,而对我来说这只是一家医院的名字。我不畏惧是因为父母都在这家医院上班,我从小就在这个医院里摸爬滚打,我能熟练地说出病人吃的各种药名,各种治疗方式以及病情的各类名称,如狂躁型,妄想型,青春型,抑郁型等等。我也见证了医院从只有简陋的病房到最终医院大楼落成,从民政局转为卫生局,从单一的精神病科到最后的综合医院,名称也从精神病防治院改为仙岳医院。

我学龄前大部分时间都是在这家医院度过,我喜欢这里的广阔,远离城市的喧嚣,与大自然融为一体,我可以做一些让城市孩子心惊肉跳的事儿,如揭瓦掏鸟窝,上山敲松果(树雷),钓鱼,捉蚂蚱,挖地瓜,到田里摸田螺,捉小鱼,还可以近距离识别各种蛇类、鸟类。

每个月父母休息天才将我们姐弟带回幽静的鼓浪屿,那时候我就像乡下小孩进城里,会晕车也会晕船。两天后父母再把

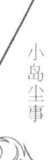

我们带去医院，把我们反锁在宿舍里，我和弟弟从宿舍窗户的栏杆钻出去，溜到医院后山去捉蚂蚱。医院就在山脚下，山上有一个大坟墓，据说是附近村庄有钱人家的祖坟，占地面积约一两百平方米，干净又宽阔的水泥墓地成了我们的游乐场所，我喜欢坐在墓盖上方，俯视医院的全景。等到父母快下班了又若无其事地沿山路跑回去，从栏杆钻回宿舍，到了吃饭时间，父母从食堂打饭菜回来吃。

在"文化大革命"期间，这家医院的职工每天都在早请示晚汇报，医院紧跟革命形势，进驻军宣部、工宣部，他们组织医务人员和部分病人一起学习毛主席语录，结合一根银针治百病的方法，使用中药给患者治疗。一时间，病房门口摆了一整排的炉子，大家点火烧炭忙于熬中药。

不知从哪里获得药方说用死人的头盖骨熬汤可以治愈精神病，院长马上组织几个党员干部，派他们去墓穴里专门掏头盖骨。医院后山坟墓很多，要找头盖骨并不难，他们只能选择晚上出发，掘墓人带着手电筒，有的拿锄头，有的拿铁锹，有的拿麻袋准备装头盖骨。

据那些回来的人说，每当挖开一个墓穴，他们就集体跪在那里嘴里念念有词：我们是奉某某领导的指示来的，你有怨有仇都找他去，不要来找我。后来一麻袋的头盖骨有没有给病人熬汤喝就不清楚了。

我常常陪着母亲值夜班，等到半夜就有点心吃。我拿一条长椅躺在室外看满天星星，母亲忙完工作后就会过来坐在我身边，对着天空教我识别牛郎星，织女星，还有天狗星，太公钓鱼星等等，那时候天空的星星密密麻麻数也数不清，夏天的夜空是藏蓝色的。到了交接班时,每个值夜人员都能分到一大口杯的面条,那份面条被我和弟弟一人一口吃光了,母亲在一旁一边看着我们吃,一边喝着白开水。

在特殊岗位上工作的父母,难免会被病人伤害。父亲的门牙在三十几岁时就被病人打落了,从此镶上假牙。母亲在一次值夜时,被一位病人吓得魂飞魄散,一位病人喊着要喝水,母亲提着水壶过去,一张狰狞的面孔正对着她笑,母亲一连退了好几步,水壶也掉在地上。原来病人将牙膏涂满整张脸,又用黑色鞋油在头发上涂了厚厚一层,然后竖起,还露着一口黄牙,病人为自己恶作剧得逗乐得哈哈大笑。还有一次,我母亲进病房派药,一个病人要抢她的口罩,母亲说:"我换个干净的再给你。"病人冷不防一个拳头将我母亲击倒,后来母亲被诊断为脑震荡,从此落下偏头痛的毛病。

作者小时候与父亲和弟弟的合影

医院常常送来各种类型的精神病人,有男有女,有的是开车送来的,有的坐在三轮车上被五花大绑送来。狂躁型的大喊大叫,有的还会放声高歌,那张脸因为疯狂而变得狰狞。抑郁型的沉默不语,这类病人最可怕,常常有自杀倾向,是医务人员最担心的对象。

他们发病的病因各式各样:有上山下乡想不通而发疯,有因出身问题上不成大学而疯，有谈对象被蹬掉而疯，还有因为丢了一条裤子而疯。病人有的是家族遗传，有的属后天环境刺激，还有一些是装疯，这样的人一般是政治犯，戴着手铐被公安局送过来，通过医院观察几天，真疯假疯一目了然。

父亲说，每次运动来了，病人就增多了。医生向家属问完病情后就开始写病历，定病情，下处方，再不镇定马上注射一针，不一会儿，那病人就晕乎乎睡着了。进入病房后，所有的病人都换上统一颜色的条纹服装，衣服上还印着红色编号。医院上班时间到就敲钟，那铜质的钟发出的声音悠扬且带有回音。如果遇到紧急情况，值班人员会敲乱钟来叫醒职工，这种情况一般是遇到病人有意外或者出了事故。

医院大门边是传达室，也是挂号窗口，负责挂号的工作人员姓林，我们叫他"老林伯伯"。老林伯伯是台湾高山族人，是新中国成立前被共产党俘虏的国民党兵，他一条腿被子弹打伤过，走路时那条腿不能弯曲，踮一脚拖一脚。他的太太比他年轻很多，小麦色的皮肤，瓜子脸，笑的时候一对深深的酒窝，她爱美也爱照相，照了各种各样的照片，我常被她家桌子玻璃板下的靓照吸引，她在医院食堂工作，经常变花样改善职工的伙食，他们的子女跟我年龄差不多，都在鼓浪屿上学，只要学校放假我们就结伴一起到医院找父母。

那时从轮渡买一毛钱车票可以坐到终点火车站，再从火车站步行到莲坂，经过华侨化工厂，下个坡走田埂，再走一程路，这条路有两排树，中间一条黄土路，尽头是一家水泥管厂，再往前走有一个军营，经过军营后才看到精神病院的大门。这一段路程大约需要走一个小时，我们一路说说笑笑却也并不觉得累。

时隔多年后,有几次我到医院拉广告业务,医院大楼矗立在显眼之处,后山的大坟墓也不见了,当年那些医务人员多数退休了,新的领导不认识我,我也不认识他。为了拉到业务我还跟他说明自己是医院职工子弟,他勉强给了些业务让我做。我走出办公室,看到小时候种的那棵小橘子树已经长成碗口粗的大树,只是树上不挂一个果,满树枝叶都在朝我招手微笑。

读者留言

郑健辉: 从平实的字里行间,感悟那个时代生活的艰辛。

自反而缩: 听妈妈讲,他们小时候几个兄弟姐妹也是这样眼巴巴地等着外婆上完夜班带回家的加班餐点。

洪鑫: 跟随欧阳鹭英的描述,回到当年的精神病院,一切尽在眼前,是那么真实,那么亲切,医护人员面对失去控制或毫无反应的人群哭笑不得,常受伤害,对患者既同情又害怕。那双拿着汤勺往患者嘴里送食物的手常在我脑海里出现,当时这些医护人员常常被外界淡忘,被取笑为疯医院的"疯子",在此,我想大大赞扬一下在特殊环境下任劳任怨的"疯医生""疯护士"。

陈恭: 经历过严冬的人,特别珍惜春天的温暖。感谢作者的父母为厦门精神卫生事业的付出,被打落了牙齿却依然选择坚守!由衷地向长年为厦门卫生事业奉献青春与年华的退休白衣战士致以长久的鞠躬!好样的——我的同仁!

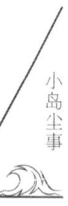

协和礼拜堂

在鼓浪屿的天主教堂旁边，日本领事馆后门的对面，有一座希腊式建筑风格的教堂叫"协和礼拜堂"，它的英文名是"UNION CHURCH"。它始建于一八六三年，翻建于一九一一年，是专门供外国人礼拜的教堂，曾有极少数的华人受邀参与礼拜，所以被华人俗称为"番仔礼拜堂"。之所以取名"UNION"，是因为此教堂并无严格的派系界限，每周日下午六时，各教会轮流派人讲道，各国教徒均可进入圣殿。

凡是资深的老鼓浪屿人都对这座教堂仍有记忆：那时候，每当教堂钟声敲响，着装整齐的信徒从四方汇入，庄重地步入圣殿。风琴师开始弹奏肃静歌，牧师预备讲道，唱诗班身穿白色诗袍唱赞美诗，信徒们人手一本赞美诗跟着吟唱。所有的程序跟现在教堂看起来没什么区别，只是说的、唱的全部使用英语。

那时候毓德女中高中部有一位英语老师是美国人，人家称她"保英德姑娘"。她曾带个别英文优秀的中国学生到协和堂礼拜，让学生听牧师用英语讲道，听唱诗班用英语唱圣诗，以这种方式锻炼学生的听力和口语，偶尔也让中国学生参加唱诗班合唱。

保英德住在升旗山下的美国公会、美国归正教的宿舍区。在"石窟"处，原来有两层的红砖楼，后被日军轰炸毁坏，一九四六年后改建成白色的公寓房。在那里讲道的并非全部是洋人，周廷杰牧师曾经在协和礼拜堂讲道，他说的英语和洋人同腔同调。闭着眼睛你会以为讲道人就是洋人，反而正宗洋人罗伯特·塔里（英华书院院长）讲的道，说的却是一口苏格兰腔，台下的很多洋人都听不懂。

据曾经进过礼拜堂的老人回忆，礼拜堂的布局是：一进门，唱诗班在右手边，是和信徒垂直的，讲台在左手边，风琴在讲台之下。讲道时间是下午六点，钟响时，各位信徒基本上都已经坐好，牧师是从备经室换好衣服出来站在讲道台上讲道的（这间备经室后来被第二医院收去做太平间，教堂则被用来做仓库）。教堂与备经室是连做一体的，国外的礼拜堂都有备经室，牧师上讲台之前在那里更换衣服，位置就在讲台旁边。鼓浪屿三一堂牧师讲道时是站在讲台正中间。事实上，国外大部分的礼拜堂牧师讲道时是很少站在正中的。鼓浪屿的洋人到了抗美援朝之后才全部离开鼓浪屿，所以，协和礼拜堂一直都在使用。教堂的最后一任牧师叫格雷菲斯，英国人，他是伦敦公会的，住在鸡母山，中文名为魏沃壤。前几年他女儿有回来鼓浪屿寻找她父亲的足迹。那时魏沃壤每周会到西仔路口教颜宝玲唱歌，朱思明也去过很多次，受益匪浅。当时魏沃壤在负责基督教闽南大会的圣诗委办，所以到新中国成立后魏沃壤还待在鼓浪屿一段时间。魏沃壤跟朱思明讲过："我们闽南大会圣诗的简谱，原来都是五线谱，现今要改为简谱'哆、来、咪'。"魏沃壤让朱思明改为简谱，方便更多人来学唱。当时的简谱最早是从日本传过来的，以前大家都用五线谱。

协和礼拜堂的另一个功能或许是提供给外国人一个社交场所，有这么几个作用：一是大家一同来敬拜上帝，二是老朋友之间相互问安，三是信徒接受圣餐和受洗。布道者是轮流的，没有固定人选,所以人们曾听过周廷杰、塔里的讲道。每次讲道会预先安排好讲道人。塔里平常很不注重仪表,任何时候都穿同一件衣服,头发也乱糟糟的。但到礼拜天他就会收拾整齐,头发也梳得一丝不乱,表明他对上帝的敬重。

讲到周廷杰,就想到伦敦公会。当时周之德去长汀开辟教区,他有一个很长远的打算,就是要培养人才,伦敦公会培养的人才都是要求很高的,而美国公会的要求就没那么高了,美国公会培养传道人只要求高中文化程度就可以了,而伦敦公会的标准总是要高一档。周廷杰是周之德的侄子,伦敦公会派他去英国读神学,就是要周廷杰学完之后到长汀当牧师。所以周廷杰英文确实讲得很地道,而他在讲汉语时却又拐到洋人腔。他从英国留学回来后,先留在鼓浪屿,后来又去了长汀。

在外界的传说中,林语堂与廖翠凤是在协和礼拜堂举行的婚礼,很多老鼓浪屿人却认为不可能!因为当时协和礼拜堂里面都是洋人,只有极少数中国人能进入,那时候去办婚礼是不可能的。太平洋战争爆发之前协和礼拜堂每周都很正常地做礼拜,战争爆发后,这些洋人牧师全部都被集中起来,做礼拜的人基本散了。日军占领鼓浪屿之后,百姓都出不了岛,只有少数戴红袖章的联络员能出岛,塔里也是联络员之一,只有中立国和协盟国的人才可以出来。太平洋战争期间协和礼拜堂来了一个日本人,他的名字叫马萨塔木拉,由他主持布道。日本人的英语说不好,听起来怪腔怪调。他在讲台上讲道,下面坐着戴红袖章的中立国人士和部分中国人。马萨塔木拉当时在海港检疫所当医生,他学过神学,所以对这份神圣的工作还是很负责任的,每个礼拜天都能看到他站在教堂门口派发宣传单,宣传单上印着布道内容和所读的经文。他在协和礼拜堂应该是主持到日本投降为止。

一九四五年二战胜利后,很多外国人纷纷返回鼓浪屿,认为中国将要大力发展宗教事业,尤其一九四八年来了很多,协和礼拜堂那时算是顶峰时期。中国人仍旧很少去那里,因为它完全不是为中国人服务的地方。

从作为宗教文化传播场所的协和礼拜堂,到新中国成立之后被改建为托儿所、礼堂、厦门第二医院仓库,一直到今天以崭新的容颜重现,毫无疑问,协和礼拜堂见证了鼓浪屿的历史变迁,承载着深远的建筑与宗教文化。

读者留言

吴保禄:根据林语堂回忆,他于一九一九年在英国圣公会的教堂举行婚礼。而不少学者认为这座教堂就是鼓浪屿协和礼拜堂。这个说法有误,首先鼓浪屿并没有圣公会(仅在一八四二年存在半年,而且是美国圣公会)这个基督教派。其次协和礼拜堂也并非圣公会所建,乃是美国归正教会、英国长老会、英国伦敦会三个在厦门的基督教派联合修建的。最后林语堂在哪座城市,哪个教堂结婚,目前并没有可靠的历史资料,轻易下结论未免太草率。

鼓浪屿延平电影院

鼓浪屿岛上曾经有两家电影院，一家叫"屿光电影院"，一家叫"延平电影院"，两家电影院隔路相望。

屿光电影院是由戏剧界权威人士汪昌庆所经营，汪昌庆又与共荣会联络，常常播放戏曲类影片，如《一朵小红花》曾博得戏迷们的青睐和追捧。屿光电影院与泉州路十五号相连，为了防止有人翻墙过去从天窗偷看电影，屿光的老板想出绝招，在电影院屋顶上布满电网，果然有一天电死了一位爬上屋顶的居民。从此，那家电影院在人们心里投下阴影，人们进屿光电影院总会疑神疑鬼。

延平电影院俗称"延平戏院"。抗战胜利后改称为"鼓浪屿电影院"。它是由缅甸归侨王紫如、王其华兄弟俩投资的产业。王氏兄弟拿着在缅甸辛苦赚来的存款回到鼓浪屿，他们想做民生方面的生意，通过考察之后，在一九二八年买下海坛路15号的地皮，要打造跟南洋一样的菜市场：宽敞的购物环境，荤素分开，排列整齐，干湿分离，排水设施和通风设施都很科学的菜市场。

菜市场刚刚运营时，岛上居民依旧喜欢找街上挑担的流动商贩买菜，不习惯走进菜市场去，这给王氏兄弟带来了烦恼，那些菜肉经不起时间的耽搁，很快变质坏掉。辛苦赚来的钱眼看就要打水漂，王氏兄弟着急得坐立不安，想尽办法要为菜市场拉客人，两人想出一个好主意，就是在菜市场上建电影院。

原来是要建造三层楼的菜市场，如今就改变方案，在二楼中部由东到西建造标准电影院，楼下是普通座，楼上设有欧洲风格的雅座，总共七百多个座位。室外南北两侧留有长廊，供观众休息聊天，看电影海报。五十年代还设有影评园地，每登一篇影评就可获两张电影票，文史专家何丙仲老师在学生时代常常给电影院写影评，奖赏得来的电影票就请同学看电影。

站在长廊北侧的栏杆旁可以俯瞰楼下熙熙攘攘的菜市场，南侧可俯瞰食品厂车间。电影院建成之后，不仅可以为剧团提供演戏的场所，播放影片，还给菜市场带来人气，人们看完电影走进菜市场顺便带点青菜豆腐回家。到了五十年代，岛上有个活广播"铁人"，他常是电影院的广告"代言人"，只要有新电影上映，就会请"铁人"举着广告牌在岛上走街串巷喊一遍。

有人说，鼓浪屿电影院是福建地区最先进的电影院，虽然那时候厦门已经有开明电影院、思明电影院和人民剧场。而那家屿光电影院在新中国成立不久后关门了。

看电影成为岛上居民不可缺少的文化生活，而鼓浪屿电影院一带就是岛上最为热闹的中心点。从电影院出来就有食品店，酱油酱瓜店，补鞋补锅店，南永百货。那时候，年轻人谈恋爱最爱去的地方也是电影院，只要有电影上映，群出群进好不热闹。

凡是在电影院的工作都是让人羡慕眼红的职业，想要看一部热门电影都要拜托人找关系购票。据徐鹭雄回忆，当时工作人员每天有二十张的内部供应票，这个数量还是不够分配给家里的亲戚朋友。

记得电影院买票的窗口只有一本杂志大，常常是几只手相争伸进去把那窗口堵得严严实实，买到票要拽着票快速抽出。电影院门口的台阶也常常挤得水泄不通，甚至有时会发生有人插队，抢票和打架的事件。为了买到热门票天没亮就去排队也是常有的事。鼓浪屿人庄姐因为想看电影《追捕》，她哥哥天没亮就去替她排队，排到了却被告知票已售罄，他回家告诉妹妹票没买到，庄姐忍不住当场哭了。

早期的朝鲜电影《卖花姑娘》不知赚了观众多少泪水，整场电影都能听到哭泣声，那时候的百姓特别有阶级感情。

后来，一些外国电影慢慢引进，像"安娜是个好女孩，你要好好爱护她"的《多瑙河之波》，八十年代国产片《少林寺》简直火到爆。那些管票务的人走到哪里都被追捧，鼓浪屿电影院管票务的金珠姨一辈子数电影票，数到眼睛高度近视，还有票务员卫建国，他那时候一定很吃香吧！当时电影放映之前总要先播放十分钟的新闻纪录片，再没看头我们都得耐着性子看完，因为好戏在后面。"文革"后期一些观众的素质不高，坐在楼上左右排的观众边看电影边吃零食，会将瓜子壳、果核、糖果纸顺手往楼下扔，坐在楼下的人就会无辜遭殃。有的观众为了预防被楼上的观众袭击就戴着帽子看电影。有一对恋人的位置正对着楼上看台边沿，为了防止楼上丢东西，从电影开始到结束那位男士不间歇地交换手掌放在女朋友的头上，我不知道他的女朋友是否能安心地看完电影，但他们的爱情肯定倍加甜蜜。

到了改革开放后，一些老电影都相继解冻，虽然是五六十年代的电影，但是对我们这些看多了样板戏的一代仍旧觉得新鲜、好看。特别是《冰山上的来客》《刘三姐》《五朵金花》这些影片封尘已久，当年的胶片质量也不好，电影票的价格也就相对便宜，这些电影我们最少都看两遍，有的看了五六遍也属正常，为的是要欣赏电影里的插曲。记得那时候我们为了学唱电影歌曲，同学之间相互抄写，互相教唱。因为电影票紧俏，所以倒卖电影票的职业也随之诞生了，人们不会忘记那位在电影院门口倒卖电影票的青年。我们更不会忘记站在闸口撕票根有着大白胡子的梅伯，南下干部老伍，美工吴尚侃，还有后来的经理张义发，机务长蔡乾泰，场务长徐鹭雄，以及黄德明、黄德元、黄德丰、黄荣、吴慈龙、庄文汇等鼓浪屿电影院的工作人员。

七十年代的几部外国电影到现在我依然记忆犹新，如《桥》《叶塞尼亚》《追捕》《望乡》《三笑》，这些电影的插曲到现在依然传唱不衰。鼓浪屿电影院与食品厂比邻，我们一边欣赏电影还能闻到浓浓的奶油糕点的香味，为每部影片都增添味道！

因为爱看电影，于是就喜欢追星，记得那时候我们最喜欢的国内影星是王心刚、达式常、王丹凤、王晓棠、杨丽坤等等，那时我还会把明星的剧照买来压在桌子的玻璃板下欣赏。后来常常有电影演员到鼓浪屿拍外景，为了近距离看到那些明星，我也跟着邻居跑去围观。前几年，因为李丹妮与我公公的爱情故事被报道之后，我曾多次被电视台邀请录制节目，看到大明星的机会就更多了,我还跟谢芳夫妇同台演唱了《九九艳阳天》,当年《青春之歌》里的"林道静"也成了步履蹒跚的老人了。

到了八十年代,随着电视机走进千家万户,人们更喜欢窝在家里看连续剧,电影院逐渐失去往日风光。一九八七年,鼓浪屿洋人墓地上盖起了音乐厅,这所音乐厅具备多项功能,可以放映电影,可以办音乐会,承接各种演出和会议等,菜市场上的鼓浪屿电影院被改为录像厅,后来关门歇业了。

读者留言

皇家厦门:我当年家住在延平电影院隔壁的市场路八十九号三楼,厨房能听到电影院音响传出的声音,每部电影我都免费听过,电影票当时就几毛钱。

道圆:这个电影院影响了几代鼓浪屿人,尤其对我们这代人来说,在没有互联网的时代它是我们获取真善美的重要途径,我们永远不会忘记它!

厦 门 海 堤

海堤的筹建

当厦门没有大桥通往岛外的时候，厦门就是个孤岛。那时想要出远门的话只能先摆渡，再乘车，可谓水陆兼程。

一九五〇年初春，时任厦门市长的梁灵光决定为民办实事，解决当时两大任务：战备和恢复经济（当时厦门港口被封锁，失业人数众多）。他与华侨领袖陈嘉庚几次讨论厦门与集美之间的交通问题，他俩一致认为在高崎与集美之间完全可以修筑一条海堤，把厦门与集美连接起来。在层层上报之后最后得到中央批准。项目落实了，款也拨下来了，总共一千三百万元。陈毅对梁市长说："事情由你去做，做好了我向你们庆贺，做坏了大家各打五十大板。"陈毅同志办事就是这么干脆、爽快。梁市长也对陈毅表决心："我一定做好，不会做坏，请首长放心。"

六月十七日厦门海堤工程指挥部正式成立，简称"6·17工程"。在海堤的建设期间，周边的兄弟城市并没有袖手旁观，龙溪地区、泉州地区的干部动员了大批石工、船工，还征集了大批船只，人力物力一起支持，积极参与海堤建设，他们的队伍不少于四千人。

海堤上的白衣天使

随着工程的进展，不可避免会发生人员伤亡，卫生局发出紧急调令，要求各个医院派出拔尖的医护人员支援海堤建设。

一九五三年秋，新婚不久的护士黄秀雪接到调令。在这之前黄秀雪一直在鼓浪屿救世医院外科手术室当护士，有着丰富的外科临床经验，是医院重点培养的对象。当晚，秀雪就写信给在浙江医学院上大学的丈夫，告诉他自己将要参与一个伟大的工程，这个工程就是高集海堤工程，她将担任海堤门诊部的负责人。能为海堤工程做点力所能及的贡献，她感到无比骄傲和光荣。

在锣鼓声的欢送下，胸佩大红花的黄秀雪手里提着简单的行装，挤上一辆军用大卡车。车子所到之处就是厦门高崎。这是一个临海的渔村，呈现在眼前的却是一片人声鼎沸，车水马龙的场景。采石场不时传来口哨声阵阵及爆破石头的响声。一位身穿褪色军服，身材魁梧的年轻人过来迎接他们，他伸出宽厚的手跟他们一一握手："欢迎欢迎！你们来得太及时了！这里太需要你们了！"

厦门海堤医务人员合影

这位穿军装的领导把这些医务人员带到一排简易的平房前，这里就是海堤的员工宿舍。每个房间都写着编号，刚刚结婚的黄秀雪又开始过上单身生活。她环顾宿舍四周，眼睛所到之处都能看到印有"高集海堤"红色字样的物件，比如蚊帐，棉被，口杯，热水瓶等。

第二天她换上白色的护士裙，戴着护士帽，投入到紧张的工作中。紧邻指挥部的几间木板房子就是工地临时门诊室。这时候海堤的工人已经约有一万多人。

医务室一开门就有伤员送来。第一天，送来的是一个脚掌被石头压伤的年轻船工。看到小伙子因疼痛而变形的脸，还有鲜血裹着已经不成形的脚趾，秀雪的心跟着一阵阵疼痛，可从嘴里冒出来的却是一句哄孩子的玩笑："哎哟，这石头怎么不听使唤落你脚上呢？"秀雪一边说着一边沉着又快速地清理伤口，止血，消毒，缝合，上药，包扎。刚刚处理完一个伤员不一会儿又来了一个。像这样的病号每天都有好几例，医务室总共就六个医务人员（后期又增加到十个人），有时应付不了集体受伤的伤员们，就从社会上招来一批女青年，培训速成的助理护士，从基础知识学起，边学边上岗。

在建设海堤的三年时间里秀雪已经数不清自己一共缝合了多少次血肉模糊的皮肉，处理了多少双被石板压伤的手脚。工地在海域的两端，全长

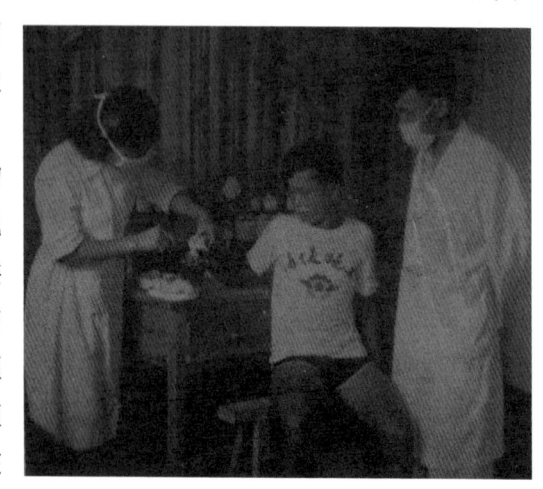

医务人员给伤员治疗

两千多米，每天海面上船只如梭，开山取石，运石，没有任何

机械，全靠人的肩膀和双手，工人们用条石砌坡法和行船抛笼法进行填海筑堤，有时还要躲避台湾飞机的轰炸。

十五岁的女孩王丽珍是当时海堤指挥部电话总机的话务员，她记得那时国民党飞机不分昼夜地轰炸和扫射，常常是半夜时空袭警报响了，还在睡梦中就被同事们抱着躲进防空洞。有时一个晚上要起来十多次，甚至二十次。

在几千人的建设大军中有一些是刚刚从学校毕业的学生，胡振雷就是一九五三年厦门师范的毕业生，他被分配在第一线上，从没干过体力活的他一样抡起榔头，挑起石头。那些推板车、抬石头、抡榔头的工人并非只会卖力气，有的还能歌善舞，他们偶尔会在收工之后围坐在榕树下或工地上，自发地编排节目寻找乐趣。

高崎属于渔村，这里三面环海，不是海风吹，就是烈日晒，秀雪到海堤门诊工作不到三个月，脸上即蒙上了一层"锈斑"，乌黑的头发因风吹日晒成了棕黄色，在那个以劳动为荣的年代，她算赶了趟时髦！

建设海堤的勇士

一次，黄秀雪背着药箱在工地上当流动卫生员，身穿护士裙的她奔走在海堤上看起来英姿飒爽，魅力四射。这时，有人呼叫着："堤下有人被石头压伤了！"她小跑过去，发现要跳下落差一米多高的石阶，她果断跳下后发现脚下的石头嶙峋坎坷，她试了几次也踩不到落脚地。这时，一双有力的手将她托住。她把甩到背后的药箱拉回胸前，才看清那石阶下激流的海水。好险！差半米就掉进海里了。秀雪心里倒抽一口气。她来不及感激托住她的人，而是先查看伤员的伤势，初步判断伤员腿部骨折，脚后跟被石片割破一条血管，一股鲜血正流进海里扬开一片红色云烟。她从药箱里掏出绷带扎紧伤口，又去找了担架，和工人一起把伤员抬到地面上，才转过身对刚才托住她的工人说："谢谢！""不用谢！一切都为海堤建设。"

　　工地上每天英勇受伤的人不计其数，更有一些年轻的勇士为了海堤建设献出宝贵的生命。有个英雄，他才二十岁，在行船抛笼时与石头一起沉入海底，他用自己年轻的生命谱写了一首英雄的赞歌。人们不会忘记在一九五五年的农历十二月二十六日，部分工人乘着"颖海轮"准备回家过年，途中遭到国民党八架飞机的轰炸，船沉入海底，船上的七十六位工人遇难。在建设海堤的过程中，每个生命都缺乏保障，一面要躲避空中敌机的空袭，一面要确保海堤工程的进度。所有的生命在那时候都显得无比脆弱。

　　在海堤上推板车、抬石头的工人一天的工资不足一块钱。他们差不多一个月就要穿破一双解放鞋，鞋和肉常常穿得不分彼此，有的干脆打着赤脚，让脚掌直接在泥土上磨，在碎石上蹭，磨出泡结成茧就是一双坚韧无比的鞋。而那些技术人员每天同样顶着烈日，冒着寒风，拿着标尺，拿着测量仪在海堤上来回奔走，为了海堤建设，谁也没有一句怨言。

　　一九五六年六月，大家最兴奋最紧张的时刻就要到来，海堤龙口即将合龙。这天天气过分地炎热，人们张罗着为海堤龙口披红挂彩。没料到老天抢先要考验海堤的质量，隔天，十一级台风正面袭击厦门，把合拢的石堤冲垮了一个一百米的缺口。经过多方群策群力才把急流制服。同年九月海堤提前竣工，十月正式验收。在建设厦门海堤的过程中，一共有一百五十六位工人和干部把自己的生命砌进这座海堤。

后来，海堤门诊部被评为先进集体，黄秀雪也连续三年被评为先进工作者。

海堤的改造

五十年来，南来北往的火车汽车日夜不停地在海堤上奔驰而过，它成了厦门交通的要道。高集海堤给厦门带来交通便利和经济发展的同时，也带来了许多海洋环境方面的问题。原来高崎往集美这一带都是深水区，有很多鱼类，如带鱼、文昌鱼等，海堤建成后，鱼慢慢少了。厦门市水利局的陈科长说，海堤将厦门湾东西水域阻断，影响了东西海域的海水交换，海水自净能力大大减弱，水动力减弱，海堤附近堆积了大量的淤泥，影响了厦门港湾海洋生态环境。二〇一〇年十月，厦门市政府启动拆堤建桥工程。厦门海堤完成了它五十年来的历史使命，从此退出历史舞台。

读者留言

马到成功：海堤是厦门的起始，从默默无闻的小岛到如今东南沿海的中心城市，我们应该缅怀建设者的付出，致敬！

建顺：一九八〇年第一次到厦门观看海堤为之感慨，自豪！感觉拆掉有点遗憾，似乎缺少什么，这是一段难忘的历史！

玉清：厦门海堤是高集海堤、集美海堤、杏林海堤的统称，也称十里长堤，是厦门岛第一条对外陆路通道。建设厦门海堤，生发出了鼓舞几代人的"海堤精神"。

一条小船背后的故事[1]

鹿耳礁的阔头仔船（由林俊杰提供）

照片上这条小船闽南话称为"阔头仔"或者也叫"双桨仔"，在鼓浪屿的鹿礁海边有几条这样的小船。

这张照片拍摄于五十年代末。船上的几个年轻人和两个孩子均赤膊坐在船上，炎热的阳光下，正在享受荡起小舟的乐趣，或许他们还在高歌"让我们荡起双桨"呢！船处在的海域叫"西子路头"，"路头"在闽南话里是码头的意思。这张照片的远景是鹭江岸边的一些建筑物，鹭江宾馆当时还被脚手架包围住，还未完工，它后来成为厦门标志性建筑。

鹿礁路因鹿耳礁而得名，这里也叫"六月礁"，指的是这一带有六块著名的礁石，它们是印斗石、剑石、覆鼎石、弥勒石、鸡冠石、鹿礁石。六月礁的范围较广，位于鼓浪屿的东南面，包含了鹿礁路、复兴路、漳州路、福建路等地段，这一带都可

---

[1] 本文由林航提供的文稿改编。

称为"六月礁"。当地人把复兴路称为"上六月礁",鹿礁路一带叫"下六月礁",日本人来了之后,将下六月礁改为"博爱路",鹿耳礁一带改为"复兴路"。六月礁的"礁"与闽南语的"干"同读音。还曾听老人说,六月礁源自早年农历六月的一次大旱,古井里的水都干涸了。传说是否真实很难说清楚,无论如何,六月礁确实是块风水宝地。

厦门的夏季盛行东南风,这主要是因为面向东海的潮起潮落以及午后独特的海陆风效应。在鼓浪屿上,如果朝南的房子能偏东十度,那一定是冬暖夏凉,实为理想居家之地。鹿耳礁有数家领事馆,还有海关宿舍、汇丰银行宿舍等。外国人多选择此地聚居,也许就是看中了这里的地理位置好,风向好,出海方便。后来很多华侨也纷至沓来,在六月礁置业,六月礁也就成了富人较多的区域。这里的别墅一栋紧挨一栋,学校、医院、网球场、体育场等一应俱全。

六月礁还盛产美女,无论什么年代,居住在六月礁的美女都不少,而这里的男士娶的老婆也多数是美女,无论娶本地女孩还是岛外女孩,一个个都赛似天仙。

鼓浪屿人都爱海,住在海边的人更是近水楼台。炎热的夏季里,海就成了孩子们的天然澡堂。下海游泳的人多了,难免会有安全隐患。照片里的这条小船,就是当年体委为大德记海滩配置的救生船,小船是由一位叫阿龙的人负责看管。小船仅限于救生,不能出海,阿龙的朋友林俊杰有时就向阿龙借这条小船到附近海上兜一圈。同时他会唤上邻居几个孩子一起上船,照片上的孩子都住在六月礁附近。

照片里的划船者就是林俊杰,可以看出他体格健壮,他当年就在大德记海滩当救生员。那位正把脚伸进水里拍打着浪花

一条小船背后的故事

131

的是林俊杰的哥哥林俊鸿。他们的父亲在新中国成立前是位商人，同时也是一位地下党员，还是划船能手，曾救过鼓浪屿的谍海奇才张圣才。后来，林俊杰成为厦门市少体校水球队的教练。另外两位青年是林俊鸿的大学同学。而两个小孩分别是花腔女高音颜宝玲的第二儿子李未明和第三儿子李曦微，后来他们分别成为音乐教育家和音乐理论家。

除了体委这条救生船之外，六月礁还有一条鹿礁水文站的摆渡船，当时没有小桥连接两地，上岸只能靠摆渡。还有一条叫"鼓浪屿一号"的捕鱼船，它属于私人所有，平常不外借，只用于海上捕鱼。它的船主叫"乌蛇"，乌蛇是他的绰号，人们都叫他的绰号也就忘了他的真实姓名了。乌蛇皮肤黑，鼻梁高，他曾经是船员，据说有一次，轮船驶到印度加尔各答，几个船员上岸闲逛时被当地警察扣留。警察认为这几个异邦人很可疑，又不会说英语，都带走审问。而乌蛇却被警察当场放了，在警察眼里乌蛇就是当地人，自家人何必抓自家人呢？黑皮肤救了乌蛇，幸亏他回来了，否则谁都不清楚这些船员到哪去了。

一张泛黄的老照片，一条小小的双桨船，几位风华正茂的年轻人，让人产生丰富的联想，这就是老照片的魅力。

生活在鼓浪屿六月礁的人，和所有鼓浪屿人一样，对海的钟爱无与伦比，他们对海的情感更是深入骨髓，哪怕到了遥远的异乡。照片中的李曦微曾在广西南宁艺术学院教书，他总是喜欢跑到北海去看看北部湾，因为有海的地方就能通往六月礁，就能通往自家门口，面朝大海，抒发乡愁。拾起照片展开回忆，想起当年亲同一家的兄弟情义，就像是大海的心胸，那是鼓浪屿人的情怀！

与昨天对话

曾经的志向

我从小就爱做白日梦,看到军人,就幻想自己穿军装的样子;看到穿白大褂的,就想象自己穿白大褂的模样;看一场电影后就寻思自己适合演什么,所有的角色我都在心里演绎一遍。

记得上小学时,我的画作曾获得全国性的奖项,我又开始想当画家。那时候运动一个紧接一个,需要图文并茂的黑板报、墙报,这些差事都有我的份,班主任蔡文田老师很器重我,经常鼓励我作画。没有老师指导,只靠临摹,父亲给我买过许多的画册,有国画、油画、水粉画、连环画等,他很舍得投资,就是没为我寻找一个指导老师,他的朋友里没有这方面的人选。

后来我参加了许多培训班,在培训班里从正规的素描学起,培训班不用交学费,只要自己准备画画的材料就行。这些培训班都是文化馆开办的,地点有时在厦门文化宫,有时在书画社,书画社的地点就在现在的玉屏城。现在是法国达达派画家的黄永砯曾经在培训班指导我们画人物素描。我不管走到哪个美术班,所遇到的学员都是熟悉的面孔,都是那些人。后来有的学员陆续考上工艺美院,有的考上师范大学,有的考上上海戏剧学院舞美系。考上的同学还跟我保持联系,交流一些考试经验,我常临摹一些名家作品,一边临摹一边提高。那些画成了我父亲炫耀的资本,他常常拿着我的习作给他的朋友和同事看,还满口答应人家的索画要求。我的理想曾是立志当一名画家,后来阴差阳错进了邮电局，我把画画当作业余爱好，把曾经学过的色彩学、造型学用在生活中，使自己在衣着打扮上显得更有审美眼光。不能不承认学过美术让我终身受益匪浅。

我的父亲

　　我父亲是医务工作者，他是从部队转业的医生。说起我父亲的身世也很传奇，我的祖父和祖母都是鼓浪屿救世医院附属医学专科学校的第三届毕业生，他们那一届才九个人。在鼓浪屿救世医院的资料里有这样的记录：厦门救世医院从一九〇〇年至一九三二年附设医学专科学校，学制五年，校长由历任院长兼任，生源大部分是寻源中学学生。学科有物理，化学，胚胎学，组织学，生理学，解剖学，内科，外科，眼科，妇产科，小儿科，皮肤科，检验科等，学习方法是上午见习，下午上课，教材是中华博医会出版的教材。共培养六届毕业生，一共四十人。

　　我的祖父母欧阳应效和陈慈悯都是第三届学员。祖父的专业是五官科，祖母则专攻妇产科。祖父在与祖母认识之前已经与鼓浪屿一位杨姓女子结婚，生育了一男三女。他与我祖母陈慈悯有没有结婚无处考证，但他们确实是生活在一起，还生了一个姑姑小我父亲三岁，我从没见过祖

作者的父亲欧阳希礼（前排左一）与战友合影

父,一次,我在与我父亲同父异母的姑姑那里见过一次祖父的照片,风流倜傥自然不在话下。

祖父和祖母离开救世医院后在厦禾路开诊所,祖父又和诊所的护士生了我父亲,祖母把我父亲留下抚养,把护士撵走。我的父亲一辈子都没见过他的亲生母亲。

抗战前,祖父到新加坡想开辟一番天地,他带着杨姓女子所生的大儿子到了新加坡,抛下两个妻子和年幼的儿女。而我祖母陈慈悯抗战期间带着孩子回到鼓浪屿,住在三丘田一带。祖母的父亲陈云龙是南安人,一八九二年被按立为牧师,后来在晋江祥芝教会侍奉到终老。他的几个儿女都在鼓浪屿教会学校接受教育,大儿子陈伯清和二儿子陈伯廉是泉州同盟会最早的会员。子女多数从事教育和医学工作。

作者的祖母陈慈悯

就在我祖父在南洋打拼时,太平洋战争爆发了,一时间音讯全断。一九四二年的正月初七,祖母出诊途中突发脑溢血去世,葬在鸡山路下方的基督教墓园。那时我父亲十二岁,姑姑九岁。兄妹俩被祖母的姐弟分别领回去抚养。有一次,父亲与他的表姐发生口角之后离家出走,他从此辍学四处流浪,后到一家绍兴人开的洗

作者的姑姑欧阳默贞

衣店当学徒工。新中国成立后，他和姑姑先后当上解放军，父亲在部队里当一名卫生兵，姑姑当文艺兵。父亲在部队一共服役六年，立过一次二等功，两次四等功，并加入了中国共产党。父亲说他在部队时非常拼命，力求上进。从入伍前的一百三十斤到退伍时只剩下一百一十斤，还染上肺结核。如果不是身体原因可能还会继续留在部队里。一九五八年父亲转业之后被分配到鼓浪屿医院手术室工作，而我的姑姑退伍之后在厦大幼儿园当一名幼师。在一九五八年全国"反右"运动中，姑姑被运动波及，自尊心强的姑姑不愿被安上那些莫有的罪名，她用一条绳子结束了她二十三岁年轻的生命。

特殊病人

一个晚上，正值我父亲在医院值夜，医院收留了一位抑郁症女病号，她是鼓浪屿的一位音乐老师。医院没有特殊病房，只能安排她在普通病房住。深夜，病人趁着家属熟睡时溜出医院。第二天，一个到井边打水的老人发现打上来的全是半桶水，她叫眼睛好使的年轻人往井下看看究竟怎么回事。那位年轻人看完尖叫一声瘫在地上，原来有一具尸体浮在井面。

这事故虽然没有医院的责任，也没有我父亲的责任，却给医院提了个醒，普通医院不宜收留精神病患者。一九六〇年，厦门市政府在郊区划出一片地，开办了厦门首家精神病防治医院。我父亲作为骨干被调往精神病医院工作。

一年之后，医院来了一批年轻护士，勤劳貌美的母亲被我父亲相中，热恋之后顺理成章地结婚成家。我的童年多半时间是在医院度过，跟着那些员工子弟在辽阔无边的医院里疯跑，追赶，跑累了就等着食堂开饭。孩子间吵架是经常发生的事，然后相互告状，再分别被大人拖进屋里挨打。记得弟弟曾经把整瓶药当糖果吃光，还好发现及时，被吊起来打，直到他把药都吐出来。

我常常看到被五花大绑的病人被送来住院，有的病人病好之后跟正常人没有区别，他们中不乏一些大学生和知识分子，有的是文艺骨干。我无聊时会找病人隔窗聊天，病人在窗内，我在窗外。窗内的病人心智和童年的我差不多，我让她唱歌，她就唱给我听，叫他们跳舞，他们就跳给我看。我这样做要是被大人看见是要挨批评的，但我能躲过大人的视线。

"文革"期间医院也有派系斗争，我亲眼看到一些平常受尊重的医生挨批斗，戴着纸帽，挂着牌子游街低头认罪。

父亲总结说："每一次运动来了之后，发病的人就增多了！"

记得厦门曾有一位家喻户晓的草根明星"肖阿美"，他可是医院的老病号。他是禾山人，一口金牙，家境殷实，据说他疯得越厉害，在南洋的亲戚就越发达，他可算是业余的毛泽东思想宣传队，他什么歌都会唱，而且不会跑调，什么舞都能跳，忠字舞、藏族舞等。只要他在马路边拉开嗓子，围观的群众不比看正式演出的人少。在鼓浪屿，温文尔雅的病人非"阿空"莫属了，据说"文革"期间红卫兵闯进"阿空"家里抄家，把他家值钱的东西抄走了，还对他拳打脚踢，过后，他开始"空了"。他独守在大庄园里，点油灯，烧树叶，吃饭配豆瓣酱，为了省几分钱，他会渡船到厦门买米和油，日子过得接近原始人，墙外的灯红酒绿与他毫无关系。他不妨碍社会治安，不打人不骂人，出门油头粉脸收拾整齐，打着伞挎着包，谁说他在鼓浪屿上不是一道风景？

七十年代的流行色

那时候，只有春节才能穿上新衣服新鞋子，那么我在春节前就开始向父母谈条件了。记得上小学时，有一年很流行穿军装，我母亲买了一块最便宜的青头布，再拿去漂染店染成橄榄绿，我做一套，弟弟做一套，还要缝上四个口袋。做的军装不合身，特别长，军鞋也不合脚，特别的大，可我和弟弟却很高兴，想想那时候的幸福真的很简单。记得我的一个女同学，她家亲戚从香港寄来一匹花布，于是，五姐妹穿着同一个花色的裙子从家里出来时好像走出一帮童子军。那时还流行假领子，就是穿在毛衣里面的半件衣服，《马路天使》里面就有赵丹穿假领的镜头。假领到了七十年代还在流行，它的好处是省布，在那个买布要布票的年代确实是很实惠的，只要一块不大的面料就能做一件假领，记得当时还流行用棉线钩织的假领，三毛钱的棉线就能勾一件。

那个年代，所有的学生都要准备一件白衬衫和一条蓝裤子，那是重要场合都要穿的行头，不管夏天还是冬天。后来流行的确良和涤卡布，但是价格不低，我记得母亲那件深灰色涤卡上衣还是用工业品票买的，只要她没穿的时候，我就拿来穿，款式看起来很老气，也很土气。而那时候我才十四岁，就把自己打扮得老气横秋。我常常为自己没有漂亮衣服而发愁，那时候的衬衫大多是素色的，白色，粉色，黄色，蓝色。我就想办法在衣服上变花样，在胸前绣一棵椰子树，两只海鸥，要么绣两排对称的连续图案。不仅我会做，很多女同学都会这一招，大家把图案传来传去。

"花痴"

有人喜欢养狗养猫，我却对养花情有独钟。追溯这雅兴的起源，恐怕要从小时候说起了。那时候在鹿礁路住着一位女同学，她家条件优越，住着独栋洋房，特别是屋顶上有一个大花园，我喜欢到她家听她弹琴顺便能到顶楼看那些姹紫嫣红的花草，那些精雕细琢的盆景。在我十二岁的心灵里，第一次感受到花卉的美，它们是那么的千姿百态。那些小巧玲珑的紫砂盆上种的多肉植物、仙人球造型各异，我盯上了一盆红色叶子的多肉植物。同学很慷慨地从花盆里拔出一两株送我。回家后我把它们种在空瓶子里并摆在窗沿上，每天不忘给它们浇水，幻想着能长出一片绿洲来。不到一星期，那些叶子一片片掉光，后来连根也烂了。我再去向同学请教，同学告诉我花盆底部要有排水孔，植物要有日照和露水的滋润才能养得好。我惭愧家里没有养花的条件，只能生生地抑制住这爱好了。

不久之后，家里屋顶漏水，房管局派人来揭瓦修房，他们把家里那扇被固定住的天窗撬开，我发现了屋顶上有一块十几平方米的平台，这里不是可以摆放花盆吗？房子修好之后，我让房管局的泥水匠不要把天窗封死，改为活动式天窗。家里买了一把竹梯架在天窗口，每天直上直下，那时身体轻盈，腿脚灵活自如，换成现在恐怕非摔下来不可！我把破脸盆，破痰盂，废弃的空罐都统统搬到屋顶，那一尺半宽的天窗，往上面送东西着实困难，只好叫弟弟帮忙，他把土装在桶里后我在上面慢慢吊上去，水也是一桶一桶地往上提。刚开始我种的是芍药，月季，茉莉，这些花都是向邻居和同学家里要来的，几乎不花一分钱，在我的精心呵护下，那些花也开得娇艳灿烂。小小的天台，不仅满足了我种花的爱好，我们还将天线绑在顶楼，为了能收看台湾的电视节目。同学来了，我很自豪地将她们带到我的屋顶上，让她们欣赏我的花。后来又添加了紫罗兰，秋海棠，三角梅。每天嘎吱嘎吱爬上爬下，好像在演《地道战》。

酒　仙

　　我父亲原来是滴酒不沾，后来却嗜酒如命。母亲常常说，当初如果知道他爱喝酒才不嫁给他呢！

　　父亲的性格耿直，率真，有什么说什么，从我的性格里就能找出他的痕迹。由于他常常得罪领导，也常常被小人算计，他有想不通的时候，也有沮丧的时候，这时候酒也许是他最好的朋友。第一口辛辣，第二口烧心，第三口什么都忘了。这就是酒的好处！几次之后父亲渐渐染上了酒瘾。

　　记得我和我先生谈恋爱时，他为了讨好我父亲，常常提着酒上门，送来的酒大多价格不菲。我父亲心里高兴，可是这些好酒不够他喝两顿就没了，他把我先生拉到一旁悄悄说："你买的酒太贵了，我喝不惯，你下次买档次低一点的，多买几瓶就好了！"他求的是量而不是质，这就是酒仙的共性吧！

　　我从小就给我父亲打酒，记得当时一斤地瓜酒六角钱，每次买半斤，拿一个空瓶子去装。父亲的下酒菜很简单，一碟花生米，有时是一个皮蛋，好的下酒菜是用酒精灯烤鱿鱼干，我被那香喷喷的气味诱惑得无法做作业，围着父亲一起分享鱿鱼干。父亲二两酒下肚之后话最多，一些陈年往事都是他在半酣之后抖漏出来的，我就像录音机一样把他的话全都刻录在脑海，到现在依然还记得。年纪慢慢增长的父亲酒量也在不断增加，最后已经是无酒不欢了，在他六十三岁那年的一个夏天午后，他突发脑溢血再也没有醒来。

如今斯人已去，鼓浪屿的故事也在不断更新。就像长江的流水滚滚向前，不为任何事，任何人做停留。这里我引用林清玄的散文为结尾："这世界虽然浮华短暂，但只要我们愿意坚持一些更恒久的价值，就会发现许多事物愈久愈醇，愈陈愈香。可惜的是，生命里恒久香醇的滋味，很少人愿意去品尝了。"

漳州路四十六号

不知从什么时候起,鼓浪屿廖家的房子被定为林语堂故居,那是在漳州路四十四号和四十八号,两栋两层的西式别墅连着几个院落而成,据说之前几栋楼都连在一起,后来断开了。如今楼面斑驳,苔藓层层附着墙体,宽阔的台阶经过岁月的打磨也已显得陈旧,拱形的走廊被后人砌砖封闭另作他用,尽管已不堪入目但也不影响它的知名度。它成为鼓浪屿上的名人故居,也是申遗的一个文化组成部分。

鼓浪屿漳州路一号是从鹿耳礁起始,绕着伏鼎,大德记,再到高中部下方经过李家庄三十八号,四十号,四十二号直到兴贤宫六十八号,兴贤宫被拆之后漳州路的尽头就是六十六号,那是我同学张婉婷的家。

这里的每一号分别是一栋房子,我家住在四十六号,距离廖宅不超过五十米。这栋楼属廖家二房廖悦发的房子,据廖家后代廖羡琴女士回忆:四十六号在抗战期间就卖掉了,到底卖给谁她也记不清了。后来人们称它为"护士楼",因为距离第二医院很近,里面住的大多是第二医院的工作人员。二楼是海关宿舍。它是一栋欧式的三层建筑,灰白色,说是三层楼,其实高度跟现在的五层楼房差不多,因为它每层楼层高都有四米左右,以至于七十年代住房拥挤时我们把它隔成阁楼居住。

整栋楼一共住了十几户人家，因为父亲在第二医院工作，我们一家才有缘住到这栋楼里，我和弟弟都在这里出生，在这里上学，一直住到我们各自成家后才搬出去。父亲去世后母亲独自守着这房子数年，直到有一天她摔倒骨折被弟弟接到厦门居住，如今弟弟将它出租。

我们这栋楼前后都与墓地比邻（前面是洋人墓，后面是陈国辉陵园），但相安无事，人杰地灵。记得我家隔壁原来住的是第二医院护士紫薇，她的女儿是厦门本土作家泓莹，在我七岁时他们一家随着第二医院搬迁到了龙岩，数十年后偶然相遇我还认得她。后来搬来了在二院工作的虞红，她是书法家虞愚的女儿，偶尔还能见到穿着黑大衣，戴着眼镜，精瘦儒雅的虞老先生来找他女儿。

二楼住的都是海关职工，一位刘姓先生原来是新中国成立前海关的高级翻译，他的英语相当棒，"文革"期间被打为"右派"。记得我小时候每次看到他劳作回来的模样是：卷着裤腿，晒得黝黑的皮肤和接近剃光的灰白头发。他的脖子上搭着一条毛巾，完全是一个劳动者的形象。他坐在二楼的石阶上歇息，虽然身心疲惫还坚持教我英语，我耐不下心来，学了几课就放弃了，后来弟弟在他的辅导下英语提高不少。刘先生的小女儿刘嘉华面容姣好，年轻时候追求她的人应该不计其数，后来因为成分不好没能考上大学，最后从三明嫁到香港后我与她就再也不曾谋面了。刘太太我们都称她"老太"。她是个基督徒，心灵手巧，曾帮外婆把一件旧外套改头换面，看起来像新的一样。她还义务替我收信件，那时候舅舅的信件和包裹单都是她替我签收的。我外婆是印尼人，鼓浪屿老居民都叫她"老番"，

漳州路四十六号

143

不仅是因为她本来就有马来血统，还因为她为人处事也与众不同。外婆的拿手本领就是抓痧，遇到谁家有人中暑了，只要上门喊一声外婆就拿着风油精上路，往往流了一身汗换回人家的声声道谢。

我搞不清楚鼓浪屿早期一些房子为什么没有厕所，这栋房子的厕所设在大楼旁的一个角落，而且只有一个蹲位。家家户户每天早上都要去倒马桶，粪坑满了总会有附近农民过来挑，刚开始农民不收钱，还很乐意过来，后来听说每挑一担粪都要付给农民一百块工钱。

这栋楼除了上厕所不方便用水也成问题，所有的住户用水都到四孔井去挑，井在番仔球埔门口的十字路口处，这井水养育着岛上方圆一公里的居民，取之不尽用之不竭，井水冬暖夏凉。

其实廖家大院也有一口井，只不过大家都说四孔井的水质好，那就舍近求远吧！我不到十岁就和弟弟一起抬水，从小桶到大桶，上初中后我就能独立挑水了。不仅要挑水还要挑煤球，煤炭店是在黄家渡那边，多数是外婆请人挑回来。因为挑水很辛苦，我们都养成节约用水的习惯，洗菜的水、洗衣服的水都留下用来浇花和洗地板。要是遇到下雨，就要想方设法接些雨水用来洗地板，洗衣服。

常年挑水练就了我肩上的功夫，记得我刚刚就业时被派去参加植树，那是到灌口，新员工都要挑肥浇在树坑里。同伴们大多是两人抬或用手提，我独自挑一担中途不必歇息直达山顶，把同伴给镇住了，问："你是农村来的吗？"

我家四十六号正规的出口处是沿着廖厝旁边的小道出入，与洋人墓之间隔着一堵围墙，不知是谁先把墙推倒一个缺口，用了几块花岗岩墓碑摞成简易台阶。有了这个出口之后，到四孔井挑水不必再走弯路，到第二医院或龙头路只要直线下坡。

大楼的后方是陈国辉陵园，记忆中这个漂亮的陵园在"文化大革命"期间被破坏了，留下几棵鸡蛋花光溜溜的枝干，与周围杂乱的环境同生死，共患难。

从陈国辉的陵园下去就是福建路的电灯公司，我上小学时每天经过陈国辉陵园出福建路再到鹿礁小学，路途不用十分钟，而上初中时是经过四孔井再到泉州路、安海路，还要穿过雷厝的小巷，路途是有些远了，遇到大热天实在晒得不行。但上了高中就又变近了，我直接从李家庄出去就离高中部大门不远，有时忘了带课本，利用课间操时间回家一趟都还来得及。

我家北面的窗户打开就能看到一片墓地，居高临下，还可以遥望对面的晃岩路，靠东边的窗户可以看到鹭江海面，岛上人少没车自然就没什么噪音。洋人墓外围的晃岩路上住着一位老人，大家称她"肖仙女"。不知她是否有家属，记忆中她独居在下沉式的小屋里，常常能听到她在唱一些不着调的歌曲，歌曲婉转凄惨，如泣如诉，后来她去世了，那房子成为龙光照相馆。我家窗外有两棵柿子树，长得比楼房还高。每到秋天，硕果累累，邻居的男孩爬到树上摘果子，我和弟弟没有胆量爬树只能用晾衣服的竹竿对着柿子捅，掉到地上的柿子多数已经摔得体无完肤，流汤流汁。我们挑了几个品相好的柿子放在米缸上催熟，柿子流出的汁液把白花花的米粘成团，最终发霉长毛被外婆扔了，米也糟蹋得一团糟。外婆去市场买了几个柿子给我们解馋，呵斥我们不许再去摘那些柿子。

记得洋人墓外围原来有铁艺围墙，"文革"期间铁艺围墙

漳州路四十六号

被挖走用水泥墙代替，花园一般的洋人墓被几次人为破坏之后成了荒芜之地，杂草丛生，有勤劳者在那里开垦种地瓜、小麦这些不用天天浇水的农作物。洋人墓有一棵木棉树和橡胶树相隔不到二十米，后来看到舒婷的诗《致橡树》，我马上联想到那两棵树，"根，紧握在地下；叶，相触在云里"。其实木棉是生长在南方的乔木，橡树则是生长在北方的朔雪之乡，它们永远不可能终身相依，而与木棉相依的只可能是橡胶树。

这两棵树掉下的叶子常年是我家烧饭的燃料。记得我小时候常常拿着一根铁线在树下截起一片片的落叶，再把成串的树叶抽出放入篮子里，这样既省事又不脏，我很喜欢这样的差事。

漳州路廖宅旁边是李清泉家，他的另一处别墅是在旗山路的"容谷"。记得我小学时有一位老师曾住李家庄，但他不姓李，姓周，叫周少秋。我们背后称他"周扒皮"，来源于当时的课文《半夜鸡叫》。周老师教语文，他常常利用快下课的时间讲一段"三国"的故事，每次都是讲一半下课铃声就响了，愣是把我们的胃口吊得高高的，害得我们翘首盼着下一堂课快快到来。

李家庄的围墙很高，我最喜欢的就是腊月时，围墙内成丛的腊梅花伸出墙外，吐露着淡雅的花香味。廖宅里面住的大多是廖家的后代，其中廖永佐医生是我父亲的同事，后来他调到防疫站又成为我公公的同事，可见鼓浪屿真小，牵牵绊绊总会遇到熟人。

印象很深的是住在四十八号立人斋的廖先生娘，她是廖超照的太太，上海人，会讲厦门话也会讲英语和法语，常年穿着旗袍，身材修长，说话轻声细语。她家门口种着两排非洲菊，小道尽头有一个假山鱼池，鱼池边有一口水井。到了夏天，我和弟弟游泳上岸就到树荫下的水井冲凉，大院的两棵大玉兰树荫庇着廖宅的院落，成为一个纳凉的好地方，飘落一地的花瓣和四处弥漫的香气深深烙在我记忆中，如今闻到那香味就成为我思乡的药引。

八十年代洋人墓上建造了一座音乐厅，也建了一所餐厅，这样我回家必须要绕过音乐厅再从小巷子进。经过餐厅门口，那些迎宾的小姐总是热情地喊："进来吧！快进来看看吧！"

一九八七年元旦那天我结婚，从此离开了鼓浪屿。记得闽南人的习俗迎新娘都在凌晨时分，那时候还可以放鞭炮，时常睡到半夜被一阵喜庆的鞭炮声吵醒。为了让左邻右舍能好好睡觉，我必须打破这陋俗，交代先生等天亮之后再来接我，为此他特高兴，可以安心睡个好觉。接新娘时，母亲煮了两碗甜鸡蛋给新郎和伴郎吃，碗里放两个鸡蛋，按习俗要吃一个留一个，可是他与伴郎三两下就把鸡蛋吃个精光，母亲端走空碗回厨房捂着嘴偷笑。外婆非要陪我到新房，那时候鲜花店还没有时兴，她从楼下摘了一大捧盛开的、鲜红欲滴的圣诞花。她抱着圣诞花跟着我们一起坐轮渡，我先生单位的轿车在轮渡接我们。车子经过了筼筜湖，一群黑白斑点的奶牛浩浩荡荡从车子旁边经过，我外婆叹息："唉，太远了！你都嫁到农村啦！"她哪里知道，几年之后，湖滨北路一带可是厦门最繁华的地方！

以前在轮渡的渡船上，总会遇到几个熟人，也不知从什么时候起，熟悉的面孔渐渐少了，最后连闽南话也听不到了。那天，为了去听一场音乐会我到了鼓浪屿，上了台阶，音乐厅门口的那棵木棉树和橡胶树依然坚守在它们的位置上，几十年如一日，一同经历风雨，四季更替。根握得更紧了，叶子相拥在云端。

突然想起小时候捡树叶的情景，不由低头看看干净的水泥地，心想：那些树叶被谁扫走了？

读者留言

晶晶：时光荏苒，看完此文唤起许多童年记忆，那时我和哥哥住在二楼外婆家，胆小的我们也是这么敲柿子树。一群孩子在番仔墓捉迷藏，记得墓园的石碑很好看，还有一棵每逢夏天雨多的季节会长木耳的大榕树，我会爬到树上摘木耳。依稀记得番仔墓园里那棵粗壮的木棉树，树下有一个用铁丝网盖着的枯井，孩子们会对着井口喊话听回音。还有李家庄的龙眼树每到夏天满树的果子就会探出墙来。我们会拿竹竿绑上铁钩子去勾龙眼，如今再没机会去吃那甜美的果子了。每逢下雨，龙眼树下会爬出许多大蜗牛。还记得我发小露敏家门口的水井，水是冰的，外婆每次买了西瓜会让舅舅把西瓜装在网兜里放入井里冰镇。露敏家后面还有一个大石磨，每到过年邻居都会在那里排队磨米粉蒸年糕。记得住一楼的阿叶的母亲"抱治姑"有一手酿葡萄酒的手艺，一次，酒缸爆了，酒冲上天花板，一屋子都是酒香。还有作者的外婆"番阿婆"，她刮痧很痛，我好怕啊！还有，还有……好亲切，好熟悉！

阿芬：我家住在晃岩路，就是文中提到的"肖仙女"隔壁，以前我奶奶常常叫我拿饭给她吃。

宛如：漳州路四十六号是我出生的地方，小时候我住二楼海关宿舍，如今我的职业是护士，活了三十几年才知道它被称为"护士楼"，看来我跟护士还真有不解之缘。从小听着大人们讲述陈国辉陵园，洋人墓，下沉式的小屋里那个常常唱着不着调的歌曲的"肖仙女"老人，还有那位英勇跳井捞尸体的廖先生娘，都是住这栋楼附近的真人真事。好奇，害怕埋藏在心里多年，长大后都成为美好的回忆！

解放初鼓浪屿轶事

一九四九年的十月十八日,厦门宣布解放,大部队进城场面十分壮观,清晨的鹭岛迎来解放后的第一轮红日!

虽然战火平息了,城市里的那些蝇营狗苟和乌合之众还未来得及洗心革面,重要机构还处于新旧更替的状态。老百姓躲在家里不敢出门,带着疑虑和茫然的目光观察那些宿营在屋檐下的大部队。战士们风餐露宿还要清理战场,不偷不抢且挨家挨户向居民们派发宣传共产党的传单。百姓当中包括那些没有来得及潜逃的官宦人家以及一些国民党残兵败将,还有一些正在犹豫着要不要逃往海外的侨眷们。穿着军装的军管会小组陆续接管一些部门:公安局、海关、法院、报社、银行、学校、邮政局、电信局、航运局、电台、工厂、医院等。一队队身穿草绿色军服或者浅蓝色列宁装的人们走进狼藉一片的旧政府大楼,拔掉青天白日旗,插上鲜艳的五星红旗。街面上原来红红绿绿的各色广告被揭掉了,张贴上白纸黑字的军管会的通告,宣布共产党接管城市的原则,呼吁旧社会官员在规定的时间内主动上门登记,缴交武器,接受教育,划清阵营,争取立功。

在新政策的号召和民众的监督之下,厦门大约有四千多名国民党政府官员向军管会坦白自首,包括原厦门警备司令李诚一在内的许多高官也在亲属的陪同下来到解放军的登记站,接受审查,听候处分。从这一天起,劫后重生的厦门进入了漫长的军事管制时代。

新中国成立初期,国家的政策是将国民党留下来的原班人马分别处理,表现好的,思想没问题的给予安排工作和发工资,让他们生活有保障。在接受改造的那些国民党旧职员(包括旧警察)当中,个别人经过学习改造后洗心革面,还加入了中国共产党,但部分遗留下来的旧职员劣性不改,甚至还暗中与一些地下烟馆、钱庄、妓院老板勾结,一有风吹草动马上通风报信,使公安人员在执行任务中遇到阻力。

这些国民党旧职员还煽动民众不要使用人民币,说是国民党很快就会反攻大陆,在朝鲜战争爆发后还谣传第三次世界大战即将爆发。过渡时期的钱币还是以外币为主,黄金和银圆为辅的流通方式。一些英镑、法郎、荷兰盾在市场上一样畅通无阻,新中国的钱币还不被民众信任,人们称它为"红钱"。

在初期,尽管共产党一直在宣传人民币的好处,但商家却始终不肯买账,市场上虽然挂出了人民币的价格牌,可买卖双方照样用外币来结算。就连民间的"批馆""银号""民信局"等金融机构也跟政府唱对台戏,黑市上的人民币价格平均每天都要贬值百分之两百左右,所以老百姓对新政府的"红钱"普遍缺乏信任,对共产党的金融权威充满了怀疑。

地下钱庄气焰嚣张,厦门升平路曾经是黄牛交易的一条街,当年的公安人员接到上级捣毁钱庄的指示时,公安战士把升平路两头拦截一网打尽。在接到要捣毁鼓浪屿地下钱庄的任务时，生怕部分人（国民党遗留下的旧警察）暗中传讯，于是，封闭消息。从厦门调来一批公安人员乔装打扮进入钱庄，顺利端掉鼓浪屿岛上的四个地下钱庄。当时在执行任务时，地下钱庄老板毫无戒备，慌乱中将黄金、银圆塞到床铺下，一些账单纸币塞在墙缝里用挂历挡住。

一些黑社会和反动势力依然存在，拿枪和不拿枪的敌人均潜伏在百姓当中。一九五〇年三月，中共中央发出镇压反革命活动指示。一九五〇年冬天，在全国范围内开展镇压反革命运动，镇压重点是：土匪、特务、恶霸、反动会道门、反动党团特。鼓浪屿上镇压了天主教堂里的圣母军，将西班牙籍的神父和修女驱逐出境。鼓浪屿头一批被枪毙的罪犯有六个人，行刑地点在鼓浪屿燕尾山。"镇反"后期，又枪毙了一个恶霸，他的罪状是手持凶器追杀执法人员。这个恶霸姓白，曾经在工部局当侦探。对于那些吸食鸦片的烟鬼则集中收容戒毒，日军占据鼓浪屿时期，全岛遍布赌场、烟馆和妓院，使鼓浪屿一度成为毒巢淫窟，经营者多数是日籍和台籍人士。原本无精打采的烟鬼经过戒毒之后可以肩挑上百斤。妓女、暗娼治好性病之后集中送到华安劳动改造，改造后的妓女自谋出路，有的从良嫁人，有的成为社会主义新工人。

新中国成立后的第一任市长是梁灵光，副市长是张维兹。鼓浪屿设立区公所，首任区长是南下干部许仁贵，第二任是傅秋元。傅秋元是菲律宾华侨，参加过菲共。他们两位担任区长的时间都不长，先后被调到其他岗位，第三任区长是纪华盛。区公所就在鼓浪屿工部局的旧址办公。区公所在楼上，公安局在楼下。鼓浪屿公安分局局长是南下干部刘峙峰。分局主要分管：户口，治安，政保，调审。一九五二年年初，国民党企图反攻大陆，区公所与公安局不是隶属单位，配合也有困难，于是组织区党委会，区党委成立时间不长，主要做一些备战工作，如储存粮食等等。公安分局撤销后成立了五个派出所，一九五四年五个派出所再并为三个派出所。

一九五三年，国家实行计划经济政策，全国开始使用粮票，简称"统购统销"。最先接到通知的是公安部门，他们对外封锁消息，甚至不能透露给家属，据说当时上海一位公安人员将消息泄露给家属，让家属连夜去粮店购买粮食囤积，这位泄露机密的公安人员最后被开除撤职。"统购统销"后来扩大到棉布和食油，这一政策延续到改革开放之后才取消。

新中国成立初期，政府对宗教活动一般不干涉，教会礼拜照常进行。当时宗教界开展"三自运动"。实行"三自"之后，这些原来由外国捐助的教会经济来源被切断，像"三一堂"这样的大教堂，本地信徒捐献多日子还好过，小教堂收入少，日子就不好过了。政府还是关心这些神职人员的生活的，当知道他们的困难之后，就发一些大米和钱救济他们。

当年公安人员的工资基本属于供给制，按级别分配。制服每年分一次：夏天一套，春秋一套，冬季一套，不够替换就春夏混合穿，穿破了缝缝补补染上统一颜色再穿。当时中国还是一穷二白，在政府部门工作的干部们生活也相当艰苦。

从新中国成立到社会主义改造基本完成，经过了一个过渡时期。过渡时期的总路线是"一化三改"。"一化"指逐步实现社会主义工业化，"三改"就是指逐步实现国家对农业、手工业、资本主义工商业的社会主义改造。三大改造完成后，标志着中国生产资料所有制由私有转为公有，新中国进入社会主义社会。

七十年代出境潮

中国人从闯东关,下南洋,走西口就有过大批人口迁徙的记录。那是贫苦百姓为了求生存而与命运抗争,是艰辛与艰难、血水与泪水交织的历史变迁。而离我最近的一次人口迁徙应该是二十世纪七十年代的出境潮。七十年代是刚刚经过"暴风骤雨"运动后的一段小喘息。那时百废待兴,经济尚未复苏,大批返城知青和一批批待业青年的吃、住、行问题亟待解决,出国是解决就业的出路之一。

厦门是福建侨乡之一,二十世纪七十年代申请出境的人数突然猛增,记得那时不时会传来周围的亲戚或同学谁谁又出国了,某某人正在申请出国的消息。那时华侨的地位似乎开始提升,一些舶来品还大受青睐,电子手表、计算器、尼龙布、带金丝线的毛衣、风雪衣、折叠伞,小到香皂、发饰都被追捧。

从一九七一年开始,被批准出境的人数不胜数。当时境外有直系亲属才可以获得批准出境,后来发现所谓的直系亲属是割舍不完的关系。比如:母亲申请到香港找儿子,母亲去了,其他儿女也可以申请去找母亲;儿女去了,他们的配偶也跟着申请,最终他们的丈母娘、婆婆、公公都可以去。

恰好那正是香港经济繁荣,需要雇佣大批劳工的年代,这些人申请到香港之后很快就能找到岗位。后来政策调整,对出境人数有所控制,但出境与妻子或丈夫团圆无论如何都会被批准。于是，为了出境假结婚和真结婚的现象普遍存在，谈对象的条件只要是港澳人士，或者正在申请出境，具备这两条，在不了解对方的情况下就匆匆定下婚事。有人见面和结婚一周内就搞定，接着就开始申请出境。

一些没有通过婚姻途径出境的就想方设法过继给境外人士当儿子，凭着一张造假的过继书，在过继书上盖印画押，再附上一张继承财产的邀请函，就可拿到公安局申请。与香港比邻的广东一带曾经出现大规模的民众偷渡潮。从五十年代初到七十年代末，深圳边境大小规模的偷渡事件屡次发生。

其间，由深圳出发的四次大规模逃港人数约有五十多万人。这被认为是冷战时期历时最长、人数最多的群体性逃亡，被称为"大逃港"。并非每个偷渡客都能幸运过关，有相当一部分人的生命葬送在偷渡途中。

到了一九七八年，政府又放宽出境政策。那些回城的知青只要提供申请所需的某些证明，从递材料到批准最快只需一星期。申请人数太多，困难的情况也各式各样。外事组每周开放三天对外接待日，个别申请者雇人深更半夜去排队，那情景就像现在排队上幼儿园，排队等楼市开盘，为的是第二天早上能早一点被接待。

由于排队等待的人太多，每次会见就允许一分钟的诉求时间。有人开门见山："某某领导，我要付给你多少钱才能批准？"遇到这种情况，办事员干脆不搭理直接请下一位。记得当年接待日人数多得办事员都无法歇息，为了满足申请者都能向办事员诉求几句只能拖延下班时间，办事员时常拖到食堂关了门来不及吃午饭又继续下午的接待。有人千方百计托关系上门送礼，办事员就警告他们："再来这套我就给你点名做记号拖延批准时间！"

其实那些申请者能来到外事组这一关，之前已经通过几道关卡了。有单位的要过单位这关，没单位的要经过居委会和派出所批准盖章，下乡的要经过村长、大队长这关。为了一张盖有公章的书面证明，申请者往往付出的不仅是金钱与物质，有的甚至以身相许。有人凭着自己的权利，从中榨取油水。

我舅舅是在七十年代初申请出国的。当时申请的目的地是印尼，因为香港好找工作，他和其他侨生都滞留在香港了。

我还记得舅舅离开厦门时所带的行李极其简单，帆布行李包里就塞着几件换洗衣服。为了让自己看上去洋气些他还去理发店烫了一头卷发，当时只有电烫，发梢都烤焦了，一头蓬蓬的碎发看起来很像是非洲难民。父亲将自己最好的衬衫送给舅舅（九十年代我到香港时，看到父亲送给舅舅的白色亚麻衬衫还挂在衣柜里，已经被洗得跟蝉翼一样薄）。妈妈捋下一枚金戒指送给舅舅，以防没钱时可变现。临走时舅舅换了一张五百元港币，我们

作者舅舅的结婚照

从没见过港币，拿着港币对着灯光照出女王的水印头像，一家人兴奋又神秘的心情难于言表。我们全家送舅舅到美仁宫长途车站，舅舅坐长途车到深圳，再从罗湖坐火车去香港。

到香港不久，舅舅开始往家里寄钱和包裹，而他在香港的艰辛从来不在信上提及，但我们能猜出他的每分钱都来之不易。

收款时附有一版侨用券,有工业品票、副食品票、粮油票等。包裹里有布料、衣服、鞋子,还有一瓶给外婆的雀巢咖啡。这些物品都要缴纳税收,两头都花钱,所以很不划算,后来外婆不让舅舅再寄包裹了。

一九七八年,外婆申请去香港找儿子。快七十岁的外婆到了香港还去制衣厂当检验工,每月赚几百块港币,她的钱多数用来装扮我和弟弟,在我的少女时代,穿戴的都是外婆寄来的衣服和首饰。

那时候,除了父亲之外,全家都在申请去香港。为了能够早点出境,我跟着母亲一大早到外事组排队诉求困难,不知等了多久终于见到那位掌握权力的办事员,母亲的表达能力不及情感丰富,话没说出口,眼泪就夺眶而出,支支吾吾地说不清想早点出境的原因是什么。那位负责人看多了这些苦肉计,并不为之所动,宽慰几句后就再往下接见。我们回家等了好几年始终都没批准一个,外婆晚年无法工作又回到我们身边生活。如今母亲每个月能够领到一份不薄的退休金,她说:"幸好没出去,否则我连这份退休金都没有了。"

八十年代初,国内物资还很贫乏,工作还是不好找,很多人出境是为了改变个人和家族命运。有些女孩以嫁到香港为荣,甚至有"一人出去,全家脱贫"的说法。单身港客回到大陆就像选妃一样没完没了地相亲,这些人有的在香港做不体面的活,而急着出境的女孩却不在乎这些,残疾或者脑膜炎后遗症都可以忽略不计。

不正确的爱情观导致出去后很快离婚。也有男青年通过婚姻关系到香港的。曾经有一位外省人,他从外地来厦门工作就是为了寻找机会出境,对他来说只有出去了他才能大展宏图。

他所交的朋友多数是有华侨关系的，最终他如愿以偿找了一位正在申请出境的女孩结婚，因为动机不纯，到香港后很快就离婚了，离婚后的他曾经靠送外卖维持了一段时间的生活。

香港政府最终也接收不下大批的大陆客了，后来规定：凡是申请出境的都要等三五年以上或更长时间，有的从结婚那天就开始申请，等到孩子出生了都还没能被批准。至于那些如愿到了香港的人命运如何，其中的酸甜苦辣只有当事人知道。据说当年出去的有的是大学教授，到香港之后却在大厦当保安。鼓浪屿就有几位著名医生从龙岩申请去了香港，有的辗转去了美国、加拿大，出国之后很多人没再从事他们的本行，确实很可惜！记得我有一位小学同学，她学习优秀，又很机灵，她的理想是长大后要当一名侦探（小时候看多了《福尔摩斯探案集》受到的影响）。在上初一年第一学期时她随着家人去了香港，到了香港之后她没继续上学而是在服装厂流水线上当一名车衣工。若干年之后，我在香港与她见面，我谈起她曾经的理想她说已经忘了，如今她以炒外汇为职业。

改革开放后，出境已经不像当年那么困难，二十世纪八十年代末九十年代初的一波出国潮是为了留学，当时出国的多数是白领和高校学生，申请目的地以澳大利亚和日本居多，这些人边读书边打工，被人们称为"洋插队"。后来又出现的一波出国潮是以新富人和知识精英为主，还有一些是贪官卷款出逃，也有一部分官员是为了财产转移而让家属移居境外。

学工，学农，学军

我的学生时代曾经两度学工、学农、学军。一次在小学期间，一次在上中学之后，是为了响应毛主席的"五七指示"，开门办学。

第一次走出校门是在小学四年级，学农的地点是海沧公社后井大队。能离开家过上集体生活同学们都欢呼雀跃。我们开始学习打背包：先用一张塑料布铺在棉被下方，再用一条两指宽的背包带把棉被打成井字形，中间留两条背带。还准备了脸盆、牙杯和几件换洗衣服，再带点零食就上路了。记得我们是坐船到海沧公社，然后再步行到后井大队。我们打通铺睡在当地学校教室里，十二月的冬季，地上铺着厚厚的稻草，暖和且伴着稻香。女同学一个挨着一个睡，我们都没睡过席梦思，那时的感觉如同睡在弹簧床上。清晨大家到井边打水刷牙洗脸，集体吃大锅饭，饭和菜分别装在水桶里，由老师一勺勺平均分配。农村的茅坑跟猪圈连在一起，两块石板下就是粪坑，进去的人在洞口外斜放一把竹扫把，大家就知道里面有人。

我们劳动的内容是挑土填海，农民看到我们城里孩子就特别照顾，装在簸箕里的土只有一半，但我们还是颤颤巍巍走在田埂上，挑几趟就不挑了，坐着等开饭。后井靠海，在退潮时翻开石头就可以捡到海螺,可惜没地方煮,同学们各自捡了一堆最后还是放回海里。学农结束时老师要我们每人花几分钱向农民买几斤地瓜和芭乐,那些芭乐个头太小,也很硬,几乎不能吃。

五年级学军的地点是在塘边的部队里。记得是早上从轮渡上岸后开始步行,一路拉歌,我背着四斤重的棉被一路上不知掉了几次又重新绑。到达目的地时已经是中午,部队里的伙食很好,我们吃到了大馒头和大包子。

隔天,我们分组军训,每个小组都由一个阿兵哥带队,阿兵哥年龄看起来大我们不多,说话很腼腆,我们一笑他就脸红。他带我们学习操练:向左转,向右转,立正稍息齐步走,正步走,还学会两腿一盘席地而坐。

一次,在操练时,我看到几十米外的树下站着一个熟悉的身影,仔细辨认原来是我父亲,他知道我在塘边学军,就从仙岳医院步行到塘边看我,医院离塘边有一段路,我不知他得走多长时间才能到这儿。等到操练解散后我立刻朝他跑过去,父亲拎着一网兜的枇杷递给我,我不接,说军队有纪律,不准吃零食,他说你拿去分给大家吃,我还是不接。父亲和我寒暄了几句,我就打发他回去了。记得父亲临走前说了一句:"真是个傻孩子!"

我们晚上还正儿八经地轮流站岗,挎着枪,每隔一小时换一个岗,还喊口令,对方要有一个回应的暗号。记得有一次夜行军是在凌晨三四点,我们紧张得一夜没睡好,怕睡过头。要求我们在规定的时间内打好背包,还不许开灯、不许说话,一切都在黑暗中进行。

列好队就开始走山路,一路上还要传达前方的指示,好像是说"前面有敌情",然后一个个往下传,就像做游戏,很刺激。山路崎岖不好走,摔倒也不能吱声,走到山顶时天开始蒙蒙亮,排长这时候出来检查大家的背包是否打得合格,打得好的拿出来示范,打得不好的也拿出来亮相。印象很深的是一位男同学把棉被套进蛇皮袋就背出来了。

上初中后的第一个学期又去学农。依然是到海沧,支援农民搞秋收,地点在红坑大队,那是一个很偏远的村庄。我们睡的地方是在一个寺庙还是祠堂我搞不清,打通铺,还是以稻草为褥,一位女教师睡在门边把守,她的身旁放着一个大木桶,方便大家夜间解手。这次的劳动并不轻松,吃完稀饭后就由社员带我们上山。我们的任务是帮农民收割那一片片成熟的水稻。我的任务是抱着割好的一捆捆水稻交给踩脱谷机的农民,不停地重复单调的工作。我的手腕被水稻割出一道道血迹,有的同学割水稻时把手指头割破,记得我从家里带去的一瓶云南白药还派上了用场。到了中午,集体下山,吃完午饭休息一会儿又上山。刚来第二天,遇到冷空气来袭,同学们带的衣服都不够,班主任派班长和一位女同学回鼓浪屿取衣服。班长是男同学,那时候男女同学不讲话,也不敢走在一起,男同学走得飞快,女同学走得慢,半路把女同学撇得老远,船要开时女同学才赶到。

第二学期我们班学工的单位是鼓浪屿灯泡厂。我们早晨去,晚上回，中午饭在工厂食堂吃。我们实习的车间好像叫作：装配车间，车间里四周昏暗，机器声隆隆作响，还伴着一股煤气味。机台上温度很高，工人们把饭和菜都搁在机台上，几个小时后就能熟，我也学他们把米饭放在机台上煮，菜到食堂买。

工人阿姨对我们很友好，个别同学的家长就在灯泡厂工作，我们不时地被同学的家长关心着，分配的工作也轻松。回到家，才发现头发里藏了一些玻璃碴，一定是工作时那些破碎的灯泡片飞进头发里。

学工时间不长，一周就结束了，回来后老师要我们围绕学工经历写作文。记得我把"灯泡厂"写成"灯炮厂"，老师特意把这词剔出来写在黑板上，说是没见过的新式武器。虽然老师没指名道姓是谁的作文，但我心知肚明、羞愧难当，从此我对这词记得很牢。

后来，学校也办了厂，我们的班主任吴学慧带领全班同学勤工俭学印蜂窝煤，把卖蜂窝煤的钱作为班费。临近毕业时，吴学慧老师用这笔班费为每个同学买了一支英雄牌钢笔和一本塑料封皮带拉链的笔记本，那支红色的钢笔和蓝色的笔记本陪伴我好多年。

如今，时隔多年，教育改革后学校不再学工、学农、学军。偶尔，我会回想起这段难以忘怀的经历。

读者留言

老凳：写得精彩，看到我们这一代人的艰苦岁月，历历在目，值得回忆。

沈红玉："到农村去，到边疆去，到祖国需要的地方去。"这是我们这一代人所走过的路。

难忘"天公假"

鼓浪屿四周环海,居民进出岛都得靠轮船过渡,如果遇到台风或大雾轮船都停止工作,岛上居民出不了岛也进不了岛。这种情况下不上班也不能扣钱,人们称它为"天公假"。

厦门史上有过四次遭受超级台风正面袭击的记录。时间分别是一九一七年九月十二日,一九五九年八月二十三日,一九九九年十月九日的十四号台风和二〇一六年九月十五日的"莫兰蒂"。这几次台风把厦门和鼓浪屿都洗劫得体无完肤,那才叫真正的"恐怖袭击"。每次大台风一过,国家的财产和个人的财产都受到不同程度的损失。

据资料记载:一九一七年的台风造成六百多人死亡,百分八十的渔船被毁,一艘两千多吨的日本轮船被台风刮到鼓浪屿的礁石上。一九五九年的台风被简称为"八二三",它夺走了七百多人的性命,也摧毁了几百条渔船。

厦门是沿海城市,每年都有大小台风从这里路过,有时从这里登陆,多数是从这里绕过。只要有台风警报,所有轮船就停止工作,上班或上学的居民都被困在两岸不能进出,人们聚集在岸上观望,生怕错过恢复开船的班次。

如今网络发达,足不出户就可以从广播、电视、手机观察台风动向,不能不承认科技的进步给人带来生活上的便利。

记忆中我亲历过多次台风,一次是在七十年代的某个夏天,那次台风大约有十二级，记得当时我正在同学家学习，突然间黑天暗地，狂风呼啸，雨水随风四面倾泻，路边的玉兰树被连根拔起，歪倒在墙头，树叶被刮落一地。我不知道自己是怎么跑回家的，当我走进家里看到的是：厨房里的锅盖、毛巾、抹布一件件被风刮出窗外，外婆正吃力地把百叶窗关紧扣牢。鼓浪屿这些洋房都是两道窗，一道百叶窗，一道玻璃窗。紧接着全岛停电，外婆点上一盏煤油灯，昏暗的灯光下，也做不了作业，我和弟弟幸灾乐祸地趴在窗台上，隔着百叶窗看窗外的动静，窗外雷鸣电闪，风雨交加。

台风天学校不上课，这点最让我高兴，再一个是台风一来，酷热的气温马上回落，还给我们一个凉快的夏天。台风还带来丰盛的雨水，在用水困难的年代，用水都要到井边挑或去卖水点买，台风天可以储存雨水用来洗衣服和拖地板，台风天过后井水的水位跟着升高，打水的力气省了一半。台风带来的另一个好处就是可以捡那些被台风刮断的树枝回家当柴火。但是，台风的危害不可估量，严重时导致山体滑坡，房屋倒塌，百姓的生命和财产都会受到危害。农作物也会因此遭殃，所以，只要台风一过，所有的菜价跟着上涨，甚至买不到青菜，如今交通便利，政府可以及时从外地调货应急。

鼓浪屿居民对抗台风很有经验，在台风来临前都会备些罐头、酱菜、蜡烛、油灯来预防台风带来的生活上的不便。台风还给岛上居民饮用自来水也带来困难，因为自来水全都靠轮船运输。岛上一停水，到井边打水的人就增多，而且卖水摊前往往会排起长龙，大家各自带着大大小小的水桶，扁担，滚轮车，还有人搬来石头、砖头充当位置，从早晨排到深夜，就是为了能买上一担饮用自来水。

鼓浪屿停船的另一个原因就是遇到大雾。在每年的三四月份,隔三岔五就会雾气蒙蒙。当大雾笼罩在海面时,海面上就像挂起布帘,鹭江两岸都看不清彼此,一些轮船都停止出海,只有几艘小船借此拉客,穿梭在两岸之间,为那些急着进出小岛的旅客服务。等到太阳一出,大雾就逐渐散开,大雾稍散开时,轮船就开始复航,为了安全,一般还要靠岸上的人敲锣引航。

如果你想到鼓浪屿旅游,那就尽量避开台风天与大雾天,免得被困在岛上。

读者留言

王曦:最悲催的莫过于上完夜班回不了家!

洪瑛:一九九九年十月九日,台风正面袭击厦门,我记得那年我刚开始工作,租的房子是后埔那边的民房,刚搬的家房间就泡水了,第二天过了一个很悲催的生日。

阁　　楼

　　如今大家都抱怨商品房贵得离谱的时候，不知是否还记得在没有商品房的年代，那些住房不宽敞的家庭在极端艰苦的住房条件下是怎么度过的。比如：打地铺，造阁楼。在六七十年代生育高峰之后带来的人口膨胀，再加上那些年城市建设停滞发展等诸多因素最终造成城市居民住房紧张。

　　我家在七十年代末曾搭建了一个能放杂物和当卧室的小阁楼。把二十几平方米的房间隔成三间房，取三分之一的面积钉了一个阁楼，好在鼓浪屿早期的洋房层高都有三米八左右，在搭建了阁楼之后，楼下还留有两米二的高度，爬上阁楼后就站不直了，只能低着头走。

　　阁楼上是我两个弟弟的卧室，阁楼下是我的闺房，另一间是我父母的房间，留有两米宽三米长的地方是客厅，放着几把椅子和一台十二寸的电视。

　　我们为了有自己的私密空间，屋子再怎么拥挤压抑都能接受，我的小屋子宽度正好可横放一张床，竖放一个五斗柜。那时候我衣服不多，五斗柜里装着我四季的衣服。同学来了，门一关，就坐在床沿聊天。而我两个弟弟在阁楼上铺一张草席，睡得无边无际，他们不会把同学领到阁楼，而是带到屋顶上。那时候，父母还没退休，一周回来一次，外婆也到了香港，家里留着三个孩子小鬼当家，我们住这样的房子算是满足了。

鼓浪屿很多外表光鲜，造型美观的洋房其实里面都住得拥挤不堪，甚至有点藏污纳垢。

那是在临解放时，鼓浪屿一些富人逃到国外，留下的房子由房管局代管并分配给一些无房户。那些住户一住就住几代人，随着人口增加房子也住到拥挤不堪的程度，很多格局都被住户破坏了，有阳台的就把阳台封闭改为厨房或卧室，住顶层的就在屋顶上搭盖小屋子，住一楼的就在空旷的院子里平地而起一两间与主体房子不协调的瓦房另为他用。

我家原来是有带栏杆的廊道，后来也是让房管局把通风的栏杆用砖头和水泥封死，再与隔壁一分为二，中间砌一堵墙，改为两个房间，各自用来当饭厅。为了能有一点额外的空间，人们就把一些不用的杂物拼命往公共过道上堆放，原来有两米宽的过道被堆放的煤砖和破家具占去两侧，东西放多了，中间就剩下只容一人行走的宽度。就连楼梯的拐弯处，楼梯下方的空间也被住户充分利用。如果你走进大楼里，又对门户的方向不熟悉的话，就会像走进黑暗的迷宫，摸摸索索往前走，不小心还会被支出来的破箩筐勾住衣服。

鼓浪屿住得宽敞的家庭毕竟少数，多数家庭住房条件都是相对拥挤的。那时候很少家庭有独立卫生间，我们这栋楼楼下只有一个公共厕所，家家户户每天早上都要提着马桶去楼下倒。记得露竹脚下的公共厕所常常是人满为患，每天从早到晚都有男女老少在那里排队。

在当时想要拥有一间淋浴房更是奢侈了，记得我们洗澡时都是用铁皮桶盛着温水，再用勺子一瓢瓢往身上淋。听说哪个工厂里有公共澡堂，也设法让人带去体验下，那份享受就像现在去泡温泉。

阁楼

我们同学中极少数人住别墅，多数人住宿舍楼，也有住阁楼和地下室的，那些地下室常年见不到阳光，无论白天黑夜都得开电灯。无论住什么样的房子都不妨碍同学间相互串门，哪怕家里没有椅子，同学来了就往床沿坐，没有书桌拉一把椅子就把床沿当桌子，一样也能写出漂亮的字体，一样学习优秀。那时候没有人对住别墅的同学羡慕嫉妒恨，也没人看不起住地下室或阁楼的同学，大家心态都非常好，同学之间走动也很频繁。

如果想要改善住房，除了等单位分房之外没有其他途径。单位分房的条件也近苛刻，要按工龄，按贡献，按人均住房面积，似乎只有人均低于八平方米才算是困难户，还要过五关斩六将，要经过一榜，二榜，三榜通过，那些为了房子撕破情面的事情也屡见不鲜，而且只有男职工才能评房子，女职工不能参与评房，双职工会优先考虑。我父母是双职工，工龄又长，按道理是有条件评房子，那时他们单位有集资房，可是人多房源少，我父亲屡次递交申请书，最终要我父亲退出鼓浪屿的房子才能分配到新房子，我父亲取舍两难，最后选择鼓浪屿的老房子，放弃了单位的新房子。

记得我跟我先生谈恋爱时，他家住房条件也挺紧张。他父母从龙岩下放回来之后住在卫生局的宿舍楼里，只有两个单间，厨房和厕所公用。他父母亲住一间房，他们三兄弟住另一间房，一到晚上，三兄弟中只有一人能享用单人床，一个睡沙发，一个睡折叠床，到天亮后再把床折叠收起来放门后，这房间白天既是客厅又是饭厅。

后来，我公公分到房子给我们当婚房。结婚后，我先生又催我把户口从鼓浪屿迁到厦门，因为多一个人，人均面积就会减少一些，这样有利于他向单位申请房子。他向单位要了房子之后，我们就把原来的房子让给他哥哥。

  我出嫁之后，腾出来的闺房又成了我弟弟的婚房，直到他们都搬出鼓浪屿，我家的阁楼才被拆掉，又恢复了原来的格局。也许是因为我从小住拥挤的房子，我一生中对房子一直比较重视，总算没有错过单位福利分房和房地产低迷时期的投资。

  如今房价贵了，开发商又推出一款类似阁楼的挑高房，说是买一层送一层，其实总高度也就五米，扣掉楼板的厚度，上下层都达不到两米五的高度，这样的房子让我想起以前住过的阁楼。不久前深圳某开发商推出一款六平方米的"鸽子房"，均价每平方米卖到十五万还一夜售罄，听说日本还兴建"胶囊房"。呜呼！高楼大厦千千万，大庇天下寒士空兴叹！但愿住阁楼的日子不会再出现。

读者留言

  佚名：大部分鼓浪屿人都不是住在有钢琴的大洋楼里，"文史专家"捏造的温柔之乡直到今天还在让文艺青年对鼓浪屿产生误解。

装天线的年代

　　八十年代初，我家买了一台十二寸三洋牌黑白电视，是用工业品券再加上五百元人民币购买的。白色外壳，小小的屏幕，体积却不小，就像如今已经淘汰的大屁股电脑一样。记得我还为电视做了一个罩，绣上"TV"两个字母，那台电视算是我家最值钱的家当了。

　　好像整栋楼就我家先买电视机，每到晚饭过后，邻居的小孩们拿着小板凳把我家小房子都坐满了。为了达到跟电影院一样的效果，还把电灯关上，四周黑漆漆的，所有人的目光都集中在那十二寸的屏幕上。那时换电视频道像扭瓶盖一样是顺时针扭转的，咔嚓一个频道，咔嚓又换一个频道，有时还有空档，国内的频道很少。为了达到大屏幕效果，我们还买了一个十六寸的放大镜搁在电视机前，放大的图像不够清晰且有点单薄。

　　那时候国内正热播一部连续剧《大西洋底来的人》，是部美国大型科幻片。只要播放时间一到，街上的行人就明显减少了，大多数人都赶着回家看电视。剧情讲的是一个神秘的元旦夜晚，海底巨浪把奇怪的生物麦克·哈克斯送到岸上。当医学界将其判定为死亡时，海洋学家伊丽莎白·玛丽博士把他放回海洋，才使他得以复活。这部连续剧每一集都是一起神秘离奇的事件，一宗宗不可告人的阴谋扣人心弦。男主人翁叫麦克，他戴着一副太阳镜，后来市面上流行一款太阳镜就叫麦克镜。

接着就是日本电视剧《排球女将》，女主角小鹿纯子的发型成了众多女孩模仿的样式。接着又有《血疑》，看过后我才知道人类有一种血型叫 RH 型。还有日本电视剧《姿三四郎》，那首鬼哭狼嚎似的主题曲一播放，街上的人多数都被那声音吸引回家看电视剧去了。

听说架天线就可以收到台湾的电视频道，不久我家也让人做了一架天线。那天线是用直径是一点五厘米的铝管做成的，一组共五个单元，钉成一排，长的七十几厘米，短的五十几厘米，天线被固定在自来水管上，架在屋顶上面向台湾，再配上感应器声音效果就更好。时常是有图像却没声音，或有声音却没图像。如果起风了就会把天线打偏，图像就不稳定了，整栋楼只有我家和隔壁家有通往屋顶的天窗。那扇天窗只有半平方米大，靠一把竹梯直上直下，多数是让臂长腿长的弟弟爬到顶楼去调天线，我在底下观看，一旦图像清晰了，赶快仰头朝天窗喊："好了！好了！"弟弟下来后，图像又模糊了。

后来，弟弟在天线两侧拴上两根绳子垂到窗口处，只要不清楚，就去拉那两根绳子，拉左或拉右，拽前或拽后，这发明确实是先进了很多，不用到屋顶就能控制方向。没过多久，这栋楼买电视的人渐渐多了，每户都在楼顶上竖起一根天线，迟来的要插上好位置都难。

那时台湾的电视频道有华视、台视、中视。华视的新闻主持人李艳秋不仅形象好声音好听，播音时的面部表情还很丰富，可谓声情并茂，我一下就被她独特的气质和声音吸引了。那个年代台湾的娱乐业在亚洲算是领先地位，无论是电影、电视、综艺节目，就连电视广告都非常吸人眼球。

台湾的电视剧和综艺节目有许多是说闽南话的，那些熟悉的闽南话听起来就像邻居的大叔在讲笑话。看台湾电视节目的亲切感就是源于语言的相通，习性的相同。

我们从电视上认识那些港台明星至少比内陆的观众提早十年，而从台湾电视节目学来的流行歌曲几乎跟台湾观众同步。记得那些校园歌曲我们都是一边看电视一边把歌词记在手掌上，等过后再去整理。比如：侯德健《龙的传人》，罗大佑《童年》《光阴的故事》都是脍炙人口的歌曲，这些歌后来一直传唱不衰，歌词在两岸之间都很有共鸣，他们两位在大陆很受欢迎。

收看台湾电视节目是我了解台湾文化的开端，那时候台湾的生活水平与我想象中相差甚远。我不仅学会台湾的流行歌，也模仿起台湾的服装样式。那时我没有足够的资金可以随意购买流行品，我跟大家一样用节省下来的全国粮票寄人家兑换折叠阳伞，换钱夹子和香皂。中山路局口街有个流动黑市场，那里常常有人在卖台湾流行的涤纶毛衣、尼龙布，也卖黄金，也可兑换外币。每当夜幕降临，那条巷子形成一个小的自由市场，后来这条巷子叫作女人街。

我家电视机在一个午后被雷击坏了。那天，雷雨交加，我们正在收看午间剧场《步步惊魂》，也许剧情太惊险，太扣人

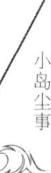

心弦，又加上窗外雷雨效果的烘托，我弟弟看得很专注，我提醒他雷雨天最好是关掉电视，他充耳不闻，不一会儿，随着一声雷响，电视机"咔嚓"一声，接着就是一片黑暗。

读者留言

伟程：七十年代的厦门小孩，几乎一样的成长经历。那时流行一种彩色塑料片，夹在屏幕前，黑白电视就成了彩色的了，颇有自欺欺人的阿Q精神。

老鼠：八十年代，正在读初中的老哥为了看台湾电视频道，在家里屋顶上架了根天线。一开始天线从窗口拉出去，天线架子绑在屋顶栏杆边，走线不美观，最重要的是信号不好，后来又把天线架在更高的烟囱上，引线改走内道，正好从烟囱排气孔出去。那个黑洞洞的鬼地方自从日本领事馆落成后，应该没有人类进去过，拉线时正逢夏天，老哥说里面像蒸笼一样，"天线工程"分好几次实施，每次老哥都是一身汗外加上一身泥灰。遇到台风天，天线被风吹跑了方向，我作为后期维护人员就得爬上屋顶把天线的方向调正，因为人小体轻，不会踩破瓦片，其实也踩破了好几块瓦片。

游泳与骑车

凡是在鼓浪屿长大的孩子多数都会游泳，却不一定会骑自行车；而生活在厦门的孩子大多都会骑车，却不一定都会游泳。因为鼓浪屿四面环海，游泳似乎成

在海边游泳的女孩（由白桦提供）

了岛民除了走路以外的第二技能，那些水性好的孩子到厦门都不用坐船，直接跳进海里就能轻易游到对岸，上岸后逛完鹭江道再游回鼓浪屿。

曾经，我的一位同学在台风天因轮渡停船被滞留在厦门，他想：奶奶还在等我回家吃晚饭呢，无论如何也得赶回去！不管当时狂风骇浪他依然毫不犹豫地跳进海里，准时无误地与奶奶共进晚餐。还有一位男同学是游泳健将，他家又住在轮渡边，窗户临海，一次他与父亲发生口角，父亲一怒之下抄起木棒要揍他，他迅速爬上窗户纵身跃入海里，他父亲站在窗前气得直咬牙。鼓浪屿曾经有人凭着好水性一口气游到金门，那时候叫作"下海投敌"。

我是鼓浪屿的另类——旱鸭子。这要怪我外婆，她怕我出意外，从小就限制我参与各种体育活动，以至于我体育方面几乎没强项。早在上学时期，一到夏季，体育老师就带领全班到大德记海边游泳。那时候的大德记海滩没有一丝污染，海水清澈见底，树下的沙滩如面粉一样白净，眼看着同学们在浪花里戏水，我始终是留在岸上看衣服的那位同学。

有一次，游泳课出了事故，一位学生被漩涡卷走之后再没回来。外婆把我看得更紧了。我弟弟虽然被限制，到了体育课他把衣服一脱，仅留一条裤衩，照样扎进海里，回家再把外衣披上，长裤套上，没留下丝毫痕迹。而我不行，要穿泳衣才能下水，家里唯一一件泳衣是母亲的，暗红色，从没看见她穿着去游泳。这件泳衣我穿了太宽，我把四条带子系到根部总算凑合着穿上，外婆不买儿童泳衣给我，有几次我偷穿母亲的泳衣去海里泡海水。

长大之后，常常有年轻朋友们约我一起到海边游泳，为了游泳，我特意寄人家从香港带回一件漂亮的蓝色泳衣，穿上泳衣之后还套个充气轮胎才敢走到浅水区，无论如何我还是不敢四肢伸直躺在水面上，总担心自己会沉下去。在水中我迈着沉重的步伐走太空步，不管同伴怎么拉，怎么劝我还是不敢走到深水区。我的游泳水平就这样一直没长进。记得一次单位组织职工游泳比赛，我们科长把我报上一名，我向他说明自己不会游泳，他始终不相信鼓浪屿人哪有不会游泳的？

不会游泳的我却学会了骑自行车。那是我在邮政局上班之后，当时公交车班次很少，有时一等就是半个小时，我的上班地点就在湖滨西路，为了节省等车时间，也节省车费，我买了

游泳与骑车

一辆厦门产的女式自行车，二十六寸，红白相间。我把新买的自行车停在单位大院里，利用每天中午休息时间让同事带我骑几圈，练了几次之后我就上路了。我没来得及学会正确的上车姿势和下车姿势，而是将自行车往身子一靠，踮起脚尖直接坐在车座上然后踩着脚踏板走，下车时再握住刹车把然后跳下来。

那时候，外贸大厦楼下的大中路两侧都是自行车停靠点，挨挨挤挤，停好自行车后又赶着去坐船。早晨从鼓浪屿过来后第一件事就是在那一排自行车堆里寻找自己的车，找到后要拉出车子却不容易，要先把左右的车挪一边，才能拉出自己的车子，不小心推倒一辆就会倒下一整片。要是被看车人看见就会被大声吼骂，还会叫你把所有车子都扶正才能走，那可是要耽误好长时间的。

我骑车水平确实差劲，记得有一次与一位拉板车的工人迎面相撞，板车把手撞在我胸口上。我捂着胸口到医院拍片，幸亏没骨折，只是内瘀血，医院开了一些消炎药和几张狗皮膏药让我回家贴，我连喝水、说话都疼。我拿着请假条向班长请假，班长是个未婚男青年，他看了请假条就同意了，当时我十分感激他的通情达理。等我去上班时同事们都围着我问，到底伤得怎样？是不是残废了？因为班长向他们说我被撞成三个乳房，我听了后差点把班长掐死。

早在六七十年代，自行车、手表、缝纫机被称为"三大件"，有了这三大件，就具备了结婚的条件。到了八十年代，虽然自行车已经很普及，不用票就能购买，一辆自行车仅卖一百多元，但对于刚工作的我也要攒好几个月才能买一辆。

我先生以前常说找个鼓浪屿老婆成本真高，每次过渡要买轮渡票不说，还丢过两辆自行车。他晚上到鼓浪屿找我，把自行车随便拴在鹭江道上,等他从鼓浪屿返回时发现自行车已经被偷了。

　　我不会忘记一次骑车差点被汽车撞死的经历。那是我刚刚结婚的一周内,记得那次我跟我先生到影剧院听音乐会,回来的路上经过湖滨中路,那时候湖滨中路还没路灯,黑漆漆一片。我骑自行车常常骑在马路中间,迎面一辆面包车开过来,我躲闪不及,人和车一起倒下,当我从车轮下爬起来最先看到的是那大而刺眼的车灯,站起来再看我的自行车已经被汽车碾作麻花,我身上却一点擦伤都没有。司机从口袋掏出所有的钱共二十几块让我去修车子。受惊吓之后我再也不敢骑车。但最终还是受不了等公交车的煎熬,一个月后,继续骑着自行车上班了。

　　后来,我的自行车被盗了,单位又配给我一辆自行车,在一次办业务途上,那辆车也被盗了。我揣着自行车钥匙四处寻找,希望能找回车子。那份焦虑,那份期盼,那份难过不亚于现在丢失一辆轿车。从那次后我再也不骑车了,算算已经二十年了。最近,当看到BRT旁建了一条自行车道,一些道路也修建了自行车道,我不禁拍手称好!骑车是环保与健身双收益的一项好运动。我闭着眼睛似乎感觉到:微风拂面,长发飘扬,我嘴里哼着小曲,驰骋在宽阔的柏油路上!

桃花盛开的仙岳村

每当唱起那首《在那桃花盛开的地方》,我的脑海中就会呈现一片有景有型的桃园,那是我小时候见过的仙岳村,那里有一大片的桃树林。

因为父母工作的缘故,小时候我常常被父母带到他们工作的医院,父亲有时候要打一点烧酒或买点牙膏、肥皂之类的东西,需要到附近的仙岳村去买。知道父亲要出门,我总是缠着要跟他去。父亲从没脱下那套工作服,穿着白衣白裤说走就走,好像还没走出医院。我们从医院后门出来,经过几条崎岖小路,接着就是一片桃树林了。

春天桃花盛开时这里是一片粉红色,我们穿梭在桃园里,有蜜蜂在花中穿行。花季过后,枝干长出嫩绿色的树叶,花蕾孕育出心形的小毛桃,经过风吹雨打,小毛桃掉落了一些,剩下的顽强地留在枝头上,几个月后,桃子慢慢成长,硕大的桃子压低了树枝,我触手可及,父亲说:"还没熟,不要碰!桃子的绒毛粘在皮肤上会发痒。"

走过桃树林就进入村子了,村里的食杂店不大,门口聚集着一些老人和孩子坐在门槛上聊天,店里光线不大好,进门就有一股红糖的味道,柜台上摆放着一排倾斜的玻璃罐,玻璃罐的口朝着柜台里面,因为是透明的,我可以看到玻璃罐里面装有糖果、冰糖、蜜饯、饼干等各种食物。父亲总是只买他自己想买的，心情好会买几颗糖果给我。买完东西后父亲还会跟村里的那些村民拉家常，"你们这里的鸡怎么卖？""花生一斤多少钱？""鸡蛋一枚多少钱？"聊的都是这类话题。村里人知道父亲是吃公粮拿工资的，千方百计地想卖点什么给父亲。

我记得有一次去食杂店，正是夏季，我穿着花裙子走进仙岳村，小店门口那些孩子围着我喊："快来看快来看！这囡儿穿鸡罩（一种罩小鸡雏的竹笼）。"我也看了看他们的穿着，都是背心和裤衩，且光着脚丫。

初夏，也就是桃子成熟的季节。这里的桃子基本是卖给罐头厂做蜜饯，桃子的品种叫作"六月白"，顾名思义，桃子在六月份成熟，外皮呈乳白色，在凹进去的部分及脐眼边有一圈星星点点的玫红色。桃子的果肉口感脆爽，甜而不涩，吃的时候桃肉与果核可以分离得干干净净，用手一掰，果核就可以抠下，靠近果核部分的桃肉是鲜红色的，带点浆末，熟桃子的肉有些偏软。

每到桃子收成时，村民扣除罐头厂收购的部分，剩余的按人头分配。农民挑着吃不完的桃子来医院叫卖，医院的职工几乎每个人或多或少都会买一些，也不知道当时价格是多少，应该就几分钱一斤吧，父亲才会一口气买几十斤，买来的桃子成堆地放在床铺下，让我们姐弟想吃就吃，吃到腻为止。可以说，小时候我吃得最多的水果就数桃子，也许是小时候吃太多桃子了，如今我看到桃子一点食欲都没有。

记得一次母亲不知受谁的启发要做蜜饯，她把所有的桃子都对半劈开，然后生火，在锅里放了些水加冰糖煮沸了，再把桃子倒进锅里，一直煮到锅里的水收干只剩下桃肉酱，等凉了后把桃肉酱全部装进搪瓷口杯里。蜜饯做不成倒是做成了果酱。可惜当初也没有面包可以用来抹果酱，妈妈就让我们一勺勺把桃酱直接放嘴里，甜得我们直咳嗽。

仙岳村不仅有桃园，离医院不远处还有一个奶牛场。我记得小时候母亲每天都订两瓶鲜牛奶，送奶的农民会把牛奶放在宿舍门口，再把前一天的空瓶子取走。也许得益于小时候牛奶喝得多，所以我们姐弟的个子都高过父母，这是后来才总结的。

新鲜的牛奶煮沸之后，上面会浮一层薄薄的奶油，小我两岁的弟弟知道这层奶油味道好，趁我不注意时用食指快速捞起送进嘴里，丝毫不露痕迹。我左等右等就是等不到牛奶再结一层油，接着开始哭闹，母亲发现是弟弟从中做手脚，后来就把煮好的牛奶放一碗在高处，让弟弟拿不到，这样我就能吃到那层奶油了。

小时候我们都没零食吃，母亲在饭后会让我们吃一片食母生助消化，食母生味甜，吃了还想吃，可母亲限制一次只能吃一片。一次，弟弟将家里的整瓶四环素吃了，因为四环素跟食母生颜色及大小一致。还好发现及时，父亲将弟弟双脚吊起来打，那样子实在残忍，国民党当初对地下党的酷刑也不过是如此吧？可父亲打弟弟却是想挽救他的生命，弟弟在哭叫中终于把药都吐出来了。

在医院长大的孩子成天在病房内外见得最多的就是药，每天三餐都有护士在派药，各种药丸装在小杯子里被放在推车上，稍不注意就会被小孩摸走。记得一个护士的孩子把带糖衣的冬眠灵当糖果吃了，没人发现，结果昏迷不醒，最后灌肠洗胃才挽回一条小生命。

我上学之后就很少再有机会到仙岳村了。有一次，我突然嘴馋想起桃子的美味，便问父亲："你好像很久没再买桃子回来了吧？"父亲说："桃园已经被夷为平地，种其他庄稼了。"

话 过 年

  快过年了，如今市场上的物资相当丰盛，无论是家禽还是海鲜，水果或是烟酒都应有尽有，品种繁多，只要口袋有钱任何时候都能将日子过得像过年一样。

  吃过苦的人才会懂得珍惜！我感恩现在的好日子，更不会忘记按人口分配物资的年代。记忆深刻的是七十年代每家每户除了按人口分配的布票、粮票、肉票、豆干票之外，还有一本购买证，这本购买证的扉页印着毛主席语录，第二页是人口信息，剩下的页面全是每月购买项目的表格，每两年换一本。

  遇到春节、国庆节就会有特别供应，比如高粱酒，奶油饼干，鱼皮花生，寸枣（面粉做的），花生糖。除了吃的，我们还盼着过年增添的一套新衣服和一双新鞋子新袜子。记忆中我很少穿过合身的衣服，旧的太短，新的太长，新鞋子里面要塞着棉花才合脚。临近过年时，父母带着我们姐弟到百货店选布料和鞋子。孩提时代的我似乎从来没去留意过父母有没有新衣服新鞋子，他们常穿着当年结婚做的那套呢子上衣和笨重的皮鞋，那身像样的衣服也不知让他们穿到哪一年，一定是穿到破了为止。

  漳州路廖宅一层的过道放着一对石磨，一到年底，石磨前总是汇聚着左邻右舍，人们提着铁桶排着队等着磨米浆。磨米浆需要两个人配合，一个往石磨进水口放米，一个要不停地转磨把，雪白的米浆从出口处流出，把米袋口撑开挂在铁桶沿上接住米浆。舀米的人要把米和水均匀地放，放多了出来的米浆就不细腻，会有颗粒。米袋子盛着磨好的米浆放在大脸盆上，上面压一块砖头，过滤好后就成了糯米粉团，闽南话叫作"璀"。这些糯米璀用来蒸年糕，做糯米龟或炸枣，而那些粳米磨出来的粉就用来蒸南瓜糕，萝卜糕，发糕。

我的母亲很少蒸年糕、发糕之类的，偶尔心血来潮做一次，会让我激动不已，我围在她身边左看右瞧，不时地问："熟了没？快熟了没？"她不情愿地挥挥手打发我走开，说是问了年糕就不会熟透。等年糕熟了，涂抹一层花生油或裹上一张豆皮就放在盆子里晾干，趁着年糕软的时候我用缝衣服的线就能割下一片片来吃，时间久了年糕不仅硬如石头，上面还会长出一层霉斑，要吃的时候要用刀子将霉斑刮干净，放在锅里隔水蒸软了再吃。

过年时供应的冰冻的鱼和肉一时吃不完都做成卤料，或炸鱼，炸五香，炸菜丸子，平常缺油少肉的铁锅一直是生锈的，那时肥肉可以榨取猪油，猪油渣撒上白糖很好吃。我不会忘记被猪油烫伤的惨痛经历，五岁那年，母亲把刚刚出锅的一大碗猪油放在桌上冷却，猪油不冒烟，我从外面跑进来，把那碗茶色猪油误以为是茶水猛啜一口，还没咽下就哇哇大哭，嘴唇和舌头全被烫伤。记得我涂了满嘴的紫药水，一周内只能喝稀粥，这惨痛的教训我至今想起来依然有些后怕。上学之后，学校里养猪，全校同学轮流倒泔水喂猪，猪宰了之后，每个学生按编号可以领到一块猪肉，我分到的是一块瘦肉，大约半斤，我提到家里，父亲则说："要是分到肥肉才好！"

没有冰箱的年代，储存食物的方式就是把食物放在篮子里高挂起来。亲戚朋友相互串门时，招待客人端出的都是市场供应的花生糖、寸枣，小孩子最高兴了，吃完这家再吃那家，吃到嘴里起血泡依然不罢休。那时候也不知鲍鱼龙虾长啥模样，认为最好吃的就数黄花鱼了，那些黄花鱼虽说是冰冻的，个头却大，油炸之后再红烧那真是人间美味了。如今黄花鱼却罕见了，偶尔见到卖的也是天价。

年底的大扫除把妈妈忙坏了，勤劳的母亲要到井边挑水再把所有的床单被单一件件用米汤浆洗，浆洗过的床单被单硬得像纸张一样。讲究情调的父亲到亲友家折了几枝含苞欲放的腊梅花插在花瓶里，腊梅花的清香给简陋的屋子增添了新春气息。到了傍晚，可以听到一阵阵的鞭炮声，父母不许我们花钱买鞭炮，但我和弟弟仍旧会偷偷去买最便宜的鞭炮化整为零放口袋里一个一个燃放。父母从来不给我们压岁钱，我们拜年得到的压岁钱又要我们自己留着交学费。

除夕的年夜饭，我们围在一个烧木炭的铁皮锅前涮火锅，原料很简单，有猪肝、猪腰、粉丝、豆腐、青菜和丸子。记得每年都

作者全家过年时的合影

不会少了烫血蛤这道菜，据说这是我祖母延续下来的传统，吃完的血蛤壳集中放在门后，要等到过了初三之后才可以扫掉。贝壳在古时候意味着钱，这样做是希望来年有余钱。正月初七是我祖母的祭日，这天，父亲就会做春卷来纪念祖母。遇到父母过年值班，我们就要举家到郊区和父母一起过年，医院里的病人多数被家属接回家过年了，留在病房里的病人并不多，年夜饭由食堂统一做，记得就是每人一大碗面条，再配些卤料就算过年了，面条里放的冻霜芥菜实在好吃。

过年能吃到水果糖就很幸福了。最经济的一种五彩的珠子糖，一分钱六颗，还有更小的珠子糖跟胡椒粒一样大，用小袋子装，一袋八分钱。记得曾经有归国华侨送外婆巧克力，外婆掰成小块与我们分享，那种苦中带甜的味道并没有给我留下好印象，我只认准大白兔奶糖最好吃。七十年代中期，港台的挂历开始流行，风景照、明星照、宠物照等等。过了十月，一卷卷的挂历开始从海外寄来，这些挂历装点着简陋的墙面，我们从挂历上看到各地景观，也从挂历上认识了一些港台明星。八十年代初，我到邮政局工作，曾在年底时见证了分拣印刷品的繁忙。

那时候还没有流行旅游，因为出门都要开证明，住旅馆也要开证明。通常是亲戚朋友间相互串门，最远就到乡下走走亲戚，也没电话预约，说走就走。对这些突然到访的客人，主人总会拿出糖果、花生，至少也会搅拌一杯白糖水请客人。鼓浪屿的孩子到了厦门必定要去中山公园、动物园和植物园。厦门的居民到鼓浪屿就一定会去菽庄花园和日光岩，条件好的拍一张全家福作纪念。

不知到了什么时候，我们家不再蒸年糕了，取而代之的是炸花生盒子，厦门话叫"炸壳"。花生盒是用面粉做皮，和猪油的一块，和水的一块，像做水饺一样把油面团和水面团叠在一起赶好皮，馅是花生炒熟之后捣碎加蒜蓉加白糖，包成半圆状放油锅里炸，炸熟的花生盒被装进饼干桶里。花生盒的储存时间比年糕长，可以从春节吃到清明节。好的东西相传相教，无论走到哪个家庭，都会捧出花生盒子，做花生盒的水平又分高低，有的做得层层酥脆，有的做得实心实地。

如今物资丰富的时代人们却提倡减肥了，那些高胆固醇的鱿鱼、膏蟹、大鱼大虾也不敢多吃，油炸品和甜得发腻的年糕也浅尝辄止。新一代的女性不再学习蒸年糕和蒸发糕，学做西式烘焙却成了时尚。如今过年就是一个长假，一次家庭聚会，大人发红包，小孩得红包，对于我来说意味着又老了一岁。

读者留言

龙马精神：作者当年过年的情景大抵和我一样，虽然鼓浪屿与石码有一小时的水路，以前过年吃的东西却都差不多。如今想吃什么应有尽有，就是不敢多吃。还是怀念孩童时代，在物资匮乏的时代，吃什么都香，过年的年味与人情味特浓。

听何丙仲"话仙"[①]

船　猴　子

　　昨天约着几个鹭客社的朋友一起到何丙仲老师家,原来想听他讲鬼故事,结果说着说着就偏题了,何老师真会侃,从鼓浪屿的申遗谈到鼓浪屿的建筑,又从岛上的宗教讲到华侨,讲到华侨自然要讲到新中国成立前的客轮,从客轮再讲到客栈,这时,何老师在这里做了详细描述:

　　"那些客栈老板派人到码头拉生意,那是又苦又累的活儿,可以说是拿生命换碗饭的工人!"何丙仲老师回忆道,当年他在鼓浪屿灯泡厂当工人的那段时间里,闲来没事最爱与那些老工人聊些"有水无汗"(家常事)的事。

　　当年,一些轮船一般停靠在猴屿。轮船还没靠岸之前,就有许多家客栈派营销员守在渡口等着拉客,这些人被人称为"船猴子"。"船猴子"装着一口袋的客栈标签,肩上挎着一捆带挂钩的麻绳。当船快靠岸时,他们就以最快的速度把绳子抛向空中,让钩子挂住桅杆,人再顺着绳子攀到船上,谁先上船谁就能先抢到客源。他们一边吆喝:"先生、老板、太太、小姐,欢迎到某某客栈留宿,把你们的行李交给我,我帮你们扛上岸。"一边从口袋掏出客栈标签快速贴在旅客们的行李箱上,只有手脚快才能抢到生意。船上的旅客们晕乎乎的,一路的疲倦让他

[①]"话仙",闽南语,表示聊天的意思。

们已经没精力在选择客栈上花时间，还没上岸就有人为他们安排住宿，当然也很配合，同时也免去扛行李的劳累，两袖清风，轻松上岸，何乐不为？

那些稍慢上船的"船猴子"，眼见大部分客人被捷足先登的同行拉走了，剩下的客人就少了，回去之后就得面对老板的质问，低头挨训，轻者少拿薪金重者遭老板的解雇。有的"船猴子"运气不好，抛出的绳子没有挂住桅杆，或者已经挂住桅杆，钩子半途滑落或者绳子中途断掉，这样人就可能掉入海里。这些"船猴子"倒是水性很好，游几下就上岸了，怕的是不偏不离掉在螺旋桨边上，这样就会被螺旋桨搅成肉泥，那可就悲剧了！而胜利者往往成为行业内的抢手货，几个客栈都会花高价想挖走他。

特殊的音乐盛宴

鼓浪屿上原来有两家棺材店，一家是专卖给信佛的人用，棺材两边带着翘角；一家是给信基督的人用，平角长方形的棺材。鼓浪屿还有一个乐队专门给丧事奏乐，有八人一组，十六人一组，还有更多人一组的，这些价格都不等。乐手的价格也不等，那些吹长号和小号的乐手价格低于吹长笛的乐手。指挥手握长缨，直上直下，制服带有肩章，有白色和黑色的。有钱人请的队伍壮观些，歌曲多一些，没

民间乐队（由陈亚元提供）

钱的请的乐队人少一些，民乐西乐都有，中西歌曲俱全。

何老师曾经参加一位二中老师家属的葬礼。那次乐队才叫壮大，所有会乐器的学生都被邀请去，何老师也参加了。他的心情丝毫不带悲伤而是十分高兴，办丧事的地点在笔山洞，会乐器的学生都站到马路边，引来围观的人很多，何老师看到围观的人群中有熟悉的女同学就拉得特卖劲，其实他当时的音都没调准，姿势却很专业，因为人群中的女同学正在看他，他很自豪、得意。何老师还补充说，基督教徒的送葬途中还一路敲着丧钟，而佛教徒的葬礼是吹着唢呐。

鼓浪屿的绍兴人

在鼓浪屿的绍兴人主要从事两个行业：一个是卖黄酒，一个是开漂染店。新中国成立前，卖黄酒的生意很好，可是风水轮流转，到了新中国成立初期，那时因为提倡艰苦朴素，那些小姐太太们不敢再穿那些大红大绿的衣服，鲜艳的衣服统统都拿到漂染店，把那些带有资产阶级色彩的衣服统统都染成深色，漂染店一时生意非常火爆，而卖黄酒的就萧条许多。

"你们猜下，鼓浪屿早上哪里人最多？"何老师这样问我们，我们说："当然是菜市场了。"他说："你们都说错了，人最多的是公共厕所，排队解手的人和提着马桶的人都挤到那里去。"其实鼓浪屿并非外面传说的都是优雅人士，到处能听到钢琴声，到处都是花前月下。其实生活在鼓浪屿的人吃喝拉撒比谁都不方便。

关于鬼的传说

"大家都说八卦楼有鬼,我还在八卦楼的地下室住过两年多,那是我在那儿当馆长的时候。"何老师说。

八卦楼在新中国成立前就是个烂尾楼,地势又高,画家杨夏琳和张晓寒曾经在那里开办美术学习班,也就是后来的"鹭潮美术学校",他们不定期地办一些画展,那些画作都挂在斜坡两侧,何老师小时候爱看画展,他一脚大门内一脚大门外手做遮阳状往里张望,这样一有动静才好及时脱身。

这条路行人少,地势高,常年有一些鸟类在树上、屋顶瓦片缝隙做窝建巢,一有动静就哗啦啦全部惊飞,散落的羽毛夹着树叶增添了一些凄凉。

传说有一个挑担卖扁食的,用汤匙敲着瓷碗是他叫卖的特殊信号,人们听到这声音就知道卖扁食的来了。一天,他挑着一担扁食在八卦楼底下叫卖,这时从八卦楼走下几个人向他买了几碗扁食,他心里得意自己运气不错,回家数钱时发现有一张冥币。这事是人家传说的,也不知是真是假。

在何老师住八卦楼期间,常常晚上一个人在外面抽烟,有一天他发现走廊有动静,便大声问:"谁?!"从柱子边闪出一个人,原来是鼓浪屿八连的连长,他手里有枪,何老师赶忙喊话:"喂喂喂!是我啊!不要开枪!我是这里的馆长。"这就是所谓的"人吓人吓死人"。还有一次,楼上的警报器莫名地响了,楼上并没有人住,为什么响大家都很奇怪,却谁都不敢进去看。后来,何老师开门进去了,什么也没有,估计是老鼠碰到的报警器,这又是一场虚惊。

你吃过牛奶煮面线吗？

那天与泓莹姐闲聊时，她说，许春草（婢女救拨团倡导者，同盟会会员）每天早餐都吃牛奶煮面线。我听了不禁感到震惊，记忆中小时候每当我生病胃口不好时，母亲就用牛奶煮面线给我吃，那种咸中带甜的滋味并没让我胃口大增，反而让我由内到外地抵制，在母亲的强迫下只能含着泪水咽下那一口口面线。还有不知哪来的秘方说是芹菜汁伴蜂蜜喝了可以退肝火，回想起那些奇怪的味道我就想吐！我一直以为那是我母亲自己突发奇想的搭配，没想到还真的有人每天将它当早餐。泓莹说，这绝对不是空穴来风，一定是有典故的！这典故无从查起，我就不懂这是南洋的风味还是民间的乡土风味？据我表姐说，我姑姑也常常用花生奶煮面线给她吃，她却说那是一道非常香甜可口的点心，不信的话叫我回去试着做看看。

我记得以前要是家里晚餐剩一碗稀饭，父亲绝对不会轻易倒掉，留着第二天早上父亲再把这碗稀饭煮成两个人能吃饱的面线糊。做法就是，在油锅里把葱头炒一炒，打下一颗蛋炒熟，再倒下稀饭，等稀饭在锅底沸了，加一把揉碎的面线把水分收干，撒一些葱花或青菜末，加点味精和胡椒粉就是一道美味的点心了。父亲说这是祖母教给他的做法。一次，我跟鼓浪屿群的白毅先生闲聊时说起稀饭煮面线的事，他竟然说这是地道的鼓浪屿人才会做的一道菜。我不敢肯定这道菜只有鼓浪屿人才会做，但我相信那一定是困难时期巧媳妇们想出来的看家本领。还有稀饭伴着地瓜粉做成的粉粿也很爽口，那透明的，有嚼头的粉条吃起来很有劲道，谁能想到这是剩饭做的？

　　有一次，我到新加坡旅游，新加坡朋友请我们吃福建炒米粉，米粉里面有一半是米粉，一半是面条，白中有黄，还参有虾仁、鸡蛋、豆芽、韭菜，颜色实在好看，一小块青柑挤出的几滴汁浇在面条上面，味道更是鲜美。当地人说这是新加坡风味的福建炒米粉。我不禁又想起以前外婆常常把粮店卖处理价的碎米粉和碎面条买回来，混合一起煮成一锅，加上包菜、胡萝卜丝，红红绿绿，带白带黄的一锅，我一直把它当成是外婆图省事做出来的猪食，几十年后竟然在新加坡又遇到如此相同的配方。是巧合还是南洋人的习惯搭配？物资匮乏的年代，什么都可以在碗里充分量，我还吃过地瓜煮面条，萝卜糕煮米粉汤，那都是为了填饱肚子而不是为了享用美味。

　　厦门人一定不会忘记，到了夏季，路边的芒果熟了，摘下几颗芒果削成片蘸酱油配啤酒，那是我们当地人才懂得吃的黄金搭配。还可以用荔枝肉蘸酱油，这些水果遇到酱油就不再甜得发腻，反而是别有一番风味，没吃过的朋友请您不妨也试试吧！

读者留言

吴惠华：在菲律宾米粉与面一起炒乃美食矣！当地人特喜欢，初来乍到时，也觉得怪怪的，吃惯了也觉得蛮好吃的！

山人：有听说过民间配方，牛奶煮面线固胃。

倩影：米粉加面条是安溪湖头的特色小吃，叫米粉面，面线热稀饭应该闽南地区都有吧。

龙马精神：说起吃的，作者又把我带回过去的岁月。牛奶面线并非鼓浪屿特有专利，特别在胃口不好的时候，煮上一碗，那是多么惬意的事，不过，在以往的日子里，只有病人才有这种高规格的待遇。粮食配给时代，一个成人只有二十四斤的粮食购买额，小孩更少，家里兄弟姐妹一大群，又都在长身体的时候，三顿稀饭配咸菜始终没能填饱肚子，老妈变着戏法把一切能掺进粥里的菜或副食品都掺进来，还美其名为"改膳"！

十四岁那年

十四岁那年,我逐渐从儿童抽穗成少女。外表成熟的我时而保留童年时的幼稚,时而又有着少女的矜持和多虑,智商上愚蠢和聪慧并存。

那是买米还需搭配地瓜干的年代,三顿吃着发霉的地瓜干并不影响我身体的正常发育,一米六几的身高,开始起了胸,落了腰,圆了臀。随着荷尔蒙的作怪,我开始默默注意班里的一位男生,他的座位就在我正前方,我不需费力,在看黑板时就能把他也一并收进眼底,但看到的也只是他的侧面或者后脑勺,只有下课时间眼光才斗胆追随动态的他。这样还不够,打听到他家住在哪个女同学家附近,就与那位女同学走得勤,为的是能够多看他几眼,好像侦探一样地打听人家祖宗八代来龙去脉来满足自己的好奇心,这些都源于自己对他的爱慕之情。当我听到老师念到他的名字我会跟着激动,好像自己考了好成绩一样。

作者(前排中间)十四岁时与同学的合影

当时男女同学间不说话，我没有接触他的机会，更不敢向他表白。从班上男同学的眼神里我能够判断自己并非让异性喜欢的那一类，我没有体育强项能引人注目，也没有出众的相貌和艳丽的服装招人眼光，唯独有特色的是自己的名字比别人长。我自卑，也很孤独，无声无息默默地消受这份情感，这种暗恋情结大约在内心挣扎一个学期之后就偃旗息鼓了。

不会忘记刚上初中那年，有部电影叫作《决裂》，那是一部讽刺烦琐的闭门教学方式不切实际的电影。"教授教授越教越瘦"就是那部电影的经典台词。一时间，学"共大"唱"共大"，走出学校，开门办学形成新学潮。社会上的一些歪风邪气也悄悄渗入校园里，同学间相互取绰号，背后给老师取绰号，那些不雅的绰号还一届一届往下传。那些年，无论男女生都流行把头发梳成螺旋状，凉鞋踩作拖鞋穿，书包连着带子裹起夹在腋窝下，走路两只手放在屁股后面左右晃荡，这样叫作"很炮"或"很皮"。还有一个词叫"死呸"，指的是这人皮厚，不怕死。"硬脚"指的是义气。"炮塞"是指这人很会吹牛。"占八百""磕查某"指谈恋爱。"舍破"指急性子。这些都是当年社会上的流行语。我那时不算好学生，但也不是坏学生，却想方设法得到坏学生的保护。班里一位留级生是班级里的大姐大，我每天到学校之前先到她家，再与她一起并肩到校，有点狐假虎威的效果。

十四岁正是我成长的节点，那年又是多事之秋。那是一九七六年，这一年中国经历了许多：一月份周恩来去世，三月份吉林陨石雨，四月份天安门事件，七月份朱德去世，接着唐山大地震，九月份毛泽东去世。大喇叭里不时传来高层的指示报告，接着是跌宕起伏的哀乐一遍又一遍在学校广播里回放，听着哀乐我的心就会不能自制地往下沉。当全校师生集体站在操场默哀时，我想得更多的是中国将会面临什么样的变化？是不是会再回到三座大山压迫的年代？是不是还要过上吃野菜，穿麻袋的日子？想着想着，我的眼泪莫名其妙地滚落下来。默哀的时间太长，不时有人从队伍中倒下被抬了出去，后来才懂得，当一个人处于静止站立的时间太久就有可能休克。

一九七六年的十月，"四人帮"被粉碎了，人们经历大悲之后又迎来了大喜。接着，开始声讨"四人帮"，一些冤案，错案陆续平反。随着政局变化，许多禁书和禁演的电影逐渐解禁。刚开始，走到哪里都能听到《洪湖赤卫队》的插曲。除了《洪湖水浪打浪》这首脍炙人口之外，还有一首"娘啊！儿死后，你要把我埋在大路旁，将儿的坟墓向东方"，这首歌连新婚的夫妻也在新房里一遍遍播放。郭兰英唱的《绣金匾》也成了三大伟人的颂歌。这些歌曲一度在校园内外流行起来。接着，社会上冒出许多手抄本，我借来了《归来》《塔里的女人》《少女日记》，看完之后还动手抄一遍。《归来》后来被改编为电影《第二次握手》。这些手抄本现在来看都很粗糙。当时借来的书籍多数属于刚解禁的禁书，都是些经典小说，《青春之歌》《飘》《红楼梦》等等，我在看旧书的同时也学会了认繁体字。那些没头没尾的小说，要么掉了前面几页，要么没了结尾。我如饥似渴地沉浸在小说的故事情节里。因为借来的书多数被限制时间归还，回家后，我不分昼夜争分夺秒地看。这要是被我父亲发现就会被认为是不务正业，他夺过一本撕破一本，以至我倍加小心，找来一个手电筒躲在被窝里看。当我看到好的段落我就抄在本子上，生搬硬套用在作文里。可惜当年的作文命题大多围绕"学工，学农，学军"或者是应用文、议论文，我不能尽情发挥我从课外书里所学到的经典段落。

"四人帮"下台后不久就恢复了高考，但真正有觉悟想要认真读书的学生并不多。我是后知后觉的一个，老师给我的评语常常是：学习目的不明确。当年，我的各科成绩基本都在及格线上下浮动，唯独只有语文还过得去。班主任吴学慧是个很有责任心的老师，他除了教物理外还喜欢文学，也喜欢唱歌。记得我曾向他借过一本诗集，那是一本没有正式出版的油印册，我们还在诗词上做讨论。到了临近毕业的时候，吴老师用大家勤工俭学挣来的班费为全班同学每人备了一份礼物：一支英雄牌钢笔，一本塑料封面的活页笔记本。笔记本分到最后只剩下一本红色，一本蓝色。我和另外一位女同学都争着要那本红色的笔记本，吴老师为难了，他把我叫到教室外面的栏杆边谈话，他叫我放弃红色，还举了一连串的例子来证明蓝色代表宁静，深邃，端庄，高雅，是天空的颜色，是大海的颜色，直到我接受那本蓝色的笔记本为止。如今，在众多颜色中我依然偏爱蓝色，这跟吴老师当年的开导是分不开的。

我十四岁那年，史无前例的"文化大革命"总算画上句号。那一年，我学到郭路生的一首诗：

当我的紫葡萄化为深秋的露水，

当我的鲜花依偎在别人的情怀，

我依然固执地用凝霜的枯藤，

在凄凉的大地上写下：

相信未来。

回忆亚细亚火油公司[1]

一九三七年的夏天，刚好十九岁的郑惠谈从英华中学毕业，在汇丰银行当管事的父亲通过总经理，把十九岁的儿子郑惠谈推介给英资的亚细亚火油公司。

当年亚细亚火油公司的亚洲总部设在香港，中国总部设在上海，厦门属于分公司。刚进公司上班的郑惠谈实习工资一个月才二三十元美金，郑惠谈并没有怨言，在英华中学练就的英语功底让他在这里发挥得淋漓尽致，加上工作勤奋，一年之间公司给他升了三次工资，最后达到一个月两百美金。当时亚细亚公司在鼓浪屿有四处办公地点：第一个地点是在中华路；第二个地点是田尾路观海园里面的万国俱乐部内；第三个地点就是如今好八连营地旁边，海军疗养院内的一栋两层别墅，别墅周围绿树成荫，门口有宽阔的草坪，这里是亚细亚火油公司高层职员居住地及其办公地点（这栋别墅如今已拆除）；第四个地点是在鼓浪屿轮渡码头，也就是现在钢琴模型所在的地方，他们在这个地点的办公时间不长，约有一年时间（一九五〇年至一九五一年期间）。

---

[1] 本文根据郑重明先生口述整理。

亚细亚火油公司的油库设在嵩屿码头，站在鼓浪屿内厝沃就能清晰地看到油库的两个大油桶。

公司高管经常组织员工在西林的那栋别墅里开派对和聚餐。据郑惠谈的儿子郑重明说，家里曾看过一张照片是郑惠谈与所有职员在别墅门口照的集体合影，因为多次大扫除把照片搞丢了。在郑惠谈晚年期间，老人曾带着家人来到这栋别墅前回忆曾在这里开派对的小故事。有一次，郑惠谈穿好西装赶去西林别墅开派对，刚到别墅门口，经理走向他，温和地用英语问，郑先生，你是不是还缺一条领带？郑惠谈摸摸自己的领口，发现自己匆忙中竟然忘了系领带，窘迫地红着脸，连连说："No ,no, I forget！"（不，不，我忘记了！）酒会上，人们彬彬有礼，低声交流，哪怕有点儿小争执也要说得幽默诙谐，嘴巴不能同时做两种事，吃东西时，就不许说话。在二十几个职员的派对上，本岛职工只有三四个，一个是杨镜清，家住内厝沃，是亚细亚高级职员；另一名是位女职员，叫林敏丽，是一九四五年之后从海关调来的英语速记员，她打字快，英语口语好。这种西式文明气氛给当时的郑惠谈留下深刻印象，以至于在他后来

郑惠谈与家人合影（摄于一九五〇年，由郑重明提供）

的人生中，无论家里家外，遇到大事小事，他都放低声音说话，从不发火骂人，子女受他影响，全家都和谐相处。

在亚细亚公司工作四年之后，他的姐姐开始托人给弟弟介绍对象，正好住在四落大院的黄家外孙女王惠卿从怀仁中学毕业。十七八岁的王惠卿，是岛上屈指可数的标准美女，举手投足无不透着良好的家教。两家的家长互相看过之后都非常满意，就由介绍人买两张电影票让他们去屿光电影院看电影。这天，郑惠谈穿着西式衬衫，黑色西裤，王惠卿穿着浅蓝色旗袍，手腕挂着白色珠绣钱包。这是两位年轻人首次见面，趁着没进入黑漆漆的电影院之前，两位年轻人抓紧时间把对方的眼睛鼻子都牢牢地收尽眼底。电影《夜半歌声》，那是打字幕的无声电影，看到惊险之处，郑惠谈伸手轻轻握住女孩的手，给了她足够的勇气。看完电影后，郑惠谈在街上买了一条面包送给王惠卿，并把她送到四落路口。过后，介绍人问王惠卿同意这门亲事吗？王惠卿含笑默许。

一个月后的一九四一年十月，两人结为伉俪。不久，珍珠港事件发生，日本人占领了鼓浪屿，洋人被关，公司被迫关门。所有职员都自谋出路，郑惠谈一时没了工作，就与妻子一起逃难来到老家晋江安海镇。郑惠谈是个有责任感的男子汉，他不能看着一家老小坐吃山空，穷则思变的他脱下西装换上粗布衣，皮鞋脱了换上胶底鞋，挑起安海的土特产鱼干、墨鱼干、海带、紫菜到漳州街上去卖，从安海到漳州要走一天一夜的路程，脚下的鞋走得比脚还疲惫。郑惠谈卖完海产品后再从漳州收购旧衣服回来安海倒卖，用辛苦赚来的微薄收入养家糊口。一次，在漳州市场摆地摊时，他遇到亚细亚一个叫李伯游的职员，他穿戴整齐正从小饭店走出来，看到蹲在路边的郑惠谈，吃惊地问郑惠谈："郑先生，你怎么混到这里摆摊了？"郑惠谈羞愧难当："没头路了，谁像你这么好运！你在哪里发财了？"李伯游嘿嘿直乐："我在盟军里面工作。"原来他凭着一口过硬的英语在盟军里面找到一个翻译的岗位。郑惠谈问李伯游能不能帮兄弟提携一把，找一份适合他的美差做做。李伯游拍拍胸脯说："小意思啦！你先回去，三天后我再来这里找你。"三天后，李伯游来街上找郑惠谈，他领着郑惠谈来到盟军的美国军官面前，军官用英语面试郑惠谈："I'd like roast goose, steak, curry potatoes, you know?"（我要吃烧鹅，牛排、咖喱土豆，你懂吗？）郑惠谈说："Yes, no problem！"（没问题！）军官看到眼前这位年轻人这么快就明白他说的话，二话没说就把郑惠谈留下来当厨房管事。当年，郑惠谈领的工资是关金（类似外汇券），军营包吃包住，他每个月回安海一两次，把关金全交给爱妻，在大家没饭吃的年代，有了这些关金支撑，丈母娘和妻子过上衣食无忧的日子。

有一天，郑惠谈看到盟军的美国军官在打包行装，郑惠谈问："你们要搬去哪里？"军官说："回家！""为什么要回家？"郑惠谈不想失去每个月的关金。美国军官说："我们美国人向日本广岛和长崎扔了两枚炮弹，日本人就投降了，我们任务完成了，也将回去了。"郑惠谈挠挠头皮不解地问："Talk big! What's that?"（说大话，那是什么炮？）那位军官说："真的！那种炮弹如果扔到厦门，连漳州也要夷为平地。"后来郑惠谈才知道这种炮叫原子弹。

日本投降后,郑惠谈与李伯游都回到鼓浪屿亚细亚火油公司上班,直到一九五一年,亚细亚火油公司要撤回香港,每位职工都领了一笔安家费。当年,公司总经理问郑惠谈是否愿意跟随公司一起到香港发展,郑惠谈回家征求太太的意见,太太不同意丈夫远走他乡。

郑惠谈全家合影(摄于一九五七年,由郑重明提供)

从此,一家人在鼓浪屿上过着安居乐业的平淡日子。

说起王惠卿的身世并不一般,她的外祖父是清朝举人,是住在厦门十六间巷的大户人家。母亲是钟明昭,后来定居香港,居住在厦门的另外两位姨是钟明秀、钟明贤,三位姐妹都活到一百岁以上。她们都是中国工程院院士钟南山的姑妈,钟南山只要到了厦门就必定会去看望他的两位姑妈。王惠卿的小舅舅是参加北伐军英勇就义的烈士钟世墉。当年李文陵市长每到春节期间都会去慰问王惠卿的外婆、钟世墉的母亲黄妍娘。

壁炉，百叶窗，沙发

壁炉、百叶窗、沙发对于鼓浪屿人来说并不陌生，凡是洋房几乎都有配备。

壁　炉

如今，有的欧式装修会有装饰壁炉，那些搞装修的鼓浪屿人会说，这也叫壁炉？好看的壁炉要到鼓浪屿去找！

鼓浪屿上那些造型各异的壁炉是否真正使用过，我不清楚，只知道我家的壁炉在我们住进去后从来没使用过，那个漂亮的铁艺灶门在没被撬走之前，灶口是黑的，说明之前的主人曾在这里烧火取暖过，才会留下黑黢黢的洞口。

壁炉依墙而立，凸起的墙面内是隐蔽的烟囱，这烟囱通往屋顶，上有瓦片挡雨，

壁　炉

留四个出风口。那里成了耗子、蟑螂、蜘蛛、蚂蚁的便捷通道。

我家壁炉的造型可是我见过的壁炉中最漂亮的一款：它有一米三的高度，一米五左右的长度，一尺来宽的台面，两头有多边转角收口，中间有一圈花边浮雕，层层递减收口，灶口如微型露台，一圈弧形栏杆，有一对灶门，底座是块花岗岩，周围延伸出去是木地板。

这栋楼大约建于十九世纪末，在七十年代它已经是属于古稀之年。无论从哪个房间经过，它全身的骨头架都会嘎吱嘎吱作响，有时还伴着轻微的帕金森。这栋楼原来是一栋别墅，每个房间都有主人的独立用途。

新中国成立后，这栋楼被房改，住进十户人家，差不多每两个房间分配一户。听我父亲说，这栋房子原来还蛮结实的，"文革"期间，陈国辉陵园被炸，离陵园相隔不到二十米的这栋楼受到波及，从此伤了元气，只要有人经过，它就会患上帕金森，房管局常派人来修修补补延长它的寿命。

我们从小都被大人一遍遍训斥：不许在楼上跳！不许在楼上蹦！一是怕楼下住户有意见，二是怕震动加剧房子的损坏程度。与壁炉连接的木地板经过时间的侵蚀有些收缩，留有一条缝隙约五毫米宽，我总以为从这个缝隙可以窥视楼下的一切，脸贴着地板往下看，却什么也看不见，其实它与二楼之间还隔着一道天花板。

那对铁艺灶门在七十年代的某一天被街道派人挖走了。那个年代，家家户户思想觉悟都很高，最怕人家说自己落后。当那些工人拿铁锤、锥子，上门要挖壁炉时，外婆满脸的拥护，让工人生生地撬走那十斤重的铁艺。挖过的洞口又被砖头水泥封住，留下一块颜色不一致，也不够平整的伤疤。好处就是把那些耗子、蟑螂的路给封死了，从此，它们想找食物就要另外开辟一条路。

壁炉一直是我家最气派，不过时的固定摆设。它不像外国电影里壁炉周围有宽敞的空间，壁炉上放着烛台，挂着大幅油画，壁炉前铺地毯，放着沙发或太师椅，主人坐在壁炉前一边看书，一边喝咖啡，也从来不会有圣诞老人从烟囱扔下圣诞礼物给我们。

我们一家三代人住在这个房间里，离壁炉不远处放着一张长短腿的餐桌，壁炉上摆着一个闹钟，插着鸡毛掸的花瓶，装着许多小照片的相框，大大小小的药瓶，养着几条蓝色尾巴的孔雀鱼的玻璃罐头瓶，还放着应急的煤油灯。壁炉第二层巴掌宽的平面也被我们充分利用，放着弟弟的扑克牌，象棋，火柴盒，长短不一的蜡笔。壁炉被一堆破烂家具包围着还被当作陈列柜，完全失去了它原有的高雅和尊贵。

百　叶　窗

最早发明百叶窗的应该是中国人，在战国时期中国就有卧棂窗，那设计是为了给室内通风换气。到了明朝，卧棂窗有了进一步改良，分为横棂窗与直棂窗两种，横棂窗就是百叶窗的雏形。

近代的实木百叶窗是由美国人约翰·汉普逊设计，在一八四一年取得设计专利。它有调光，遮阳，透风，隔热，保护室内私密性等功能，是欧洲建筑上广泛使用的装备。

洋人登上鼓浪屿之后，把欧洲最时兴的百叶窗也带进鼓浪屿。当地人称它"鲎背册"，因为鲎的下腹部一段就像百叶窗。在买布需要用布票的年代，百叶窗还代替了窗帘。

我家的房间朝西，经常有阳光直射，只要将百叶窗关上，用中间一条脊梁骨将所有叶片往下拉，勾好固定；再把里面的玻璃窗户敞开，这样就不会晒到阳光，还能留有一道道光线从小格眼照进，空气也能够流通，从缝隙里还可以看窗外的景色，生活一点儿也不受影响。

外婆晾衣服常将竹竿的一头架在窗外的柿子树上，一头插在百叶窗的格眼上。一次，外婆在收床单时，一阵风将百叶窗猛关上，外婆无名指被百叶窗夹掉一块肉，窗户上沾满鲜血，那次，我认为百叶窗是罪魁祸首。

沙　发

沙发，是英文"sofa"的译音，指一种内有弹簧衬垫的靠椅。这种西式家具，据传说是印度人首先创制：从前印度有个贵族，因脑血栓导致半身不遂，木匠巧出心裁，在一个木架椅上钉上布料，内以棉花之类作软垫，使病人坐卧得比较舒服。久而久之，沙发就风行各国了。一八四〇年，沙发由英国传入我国。

鼓浪屿的洋楼里有壁炉，百叶窗，一定也有沙发。可惜，沙发不像壁炉和百叶窗可以与房子白头偕老，它寿命不长，坐几年就废了，所以，在七十年代，家里还存有沙发的住户已经是凤毛麟角了。

当年，我家的座椅是马扎椅和竹板凳，还有两张有靠背的写字椅。沙发只有在电影里或国营企业的会议室才见过。

七十年代末，全国都在流行绑沙发。我弟弟认识的几个哥们儿都会做这活，于是，弟弟也去备了些材料：捡几块板车挡板，扁担、麻袋、棕片、钢线，废弃的轮胎。材料备齐后开始钉模架，弹簧是用钢线自己绕，每个座位需用九个弹簧。将轮胎撕开用来捆绑弹簧。完工后配上两对木质扶手，给沙发穿上外套就完工了。那一长一短的沙发取代了马扎椅和竹板凳。

尽管物质极度缺乏，但在那个年代人们并没有放弃美化生活，尤其是鼓浪屿人一直有着不俗的审美情趣。那套沙发总共才花三十多元。摆上新沙发后，又衬托出墙面不够白净，于是我们就从玻璃厂拿回来一桶生石灰加点青靛粉，稀释后粉刷墙面，刷过的墙面果然白得发青。我曾坐在沙发上手拿杂志拍了一张美照，这张照片被我夹在钱包里，有一次，钱包被偷，连同照片再也找不回了。

西洋建筑的文化元素根植到鼓浪屿人的审美情趣中，当然，鼓浪屿的有钱人不仅仅会欣赏西洋家具，很多洋房里摆的是酸枝木的中式家具，它们的寿命就远远超过沙发了。

读者留言

英杰：当时居委会到处收挖铁，家里人怕我们不懂事，紧张地交代我们对外千万不要说家里有壁炉，家长的紧张情绪我至今记忆犹新。

猫咪物语：我家住的是叶青池别墅，也是木质地板，有百叶窗，我家壁炉没有了，只剩下壁炉上的烛台，门也是上半部百叶窗，下半部实木，邻居的门上半部是彩色玻璃，下半部是实木。我们这栋楼住了八户人家。

鹭英，我们曾经拥有漳州路四十六号

泓莹

欧阳鹭英的一组文章、老照片和绘画，让我想了好多天。

鹭英写鼓浪屿，信笔写来的文字是那样亲切生动，不矫情，勾起我无数回忆。这些图文发在微信公众号"鹭客社"上，在各微信群中转发，阅读量通常成千上万，有读者说，鹭英写鼓浪屿的文字读起来最舒服！

出生在鼓浪屿的缘故，接地气的缘故，学艺术的缘故……

当然，最重要的是真诚，鹭英写得最好的，是鼓浪屿那些大家耳熟能详的小人物，率性幽默，充满悲悯情怀。孝顺善良的鹭英几年前支持公公袁迪宝的异国婚恋，全力侍奉一对隔空相望半个多世纪的有情人，让他们在自己身边安度晚年……写完纪实文学《用爱等一生》，她开始注目鼓浪屿各式各样的小人物。

她的勤奋与执着，终于结出丰盛果实。她的第二本书就要出版了，鹭英嘱我写编后语，其实我并未细编，不过在通读过程中顺手理一理，提了些问题和意见，其余都是她自己做的，所以，这点文字，只能算读后感与作者印象记。

鹭英是性情中人，地道的鼓浪屿孩子，情之所至，思忆如泉涌，信笔成文，生活气息极其浓郁。这些脍炙人口的，写鼓浪屿的文章即将汇集成册，她却不愿冠以"鼓浪屿"三个字，理由是"鼓浪屿"已经被写滥了。她固执地坚持《小岛尘事》这个书名。

说的也是，以往的文字，多半是东抄西拼的"名人轶事"，深入研究的少，接地气的更少，倒是以讹传讹，蜻蜓点水，牵强附会的多。

从某个角度说，鹭英鲜活生动地填写了一项空白，这是真正的故人往事。

读她的文字是享受，尤其对老鼓浪屿人，而我，又有一款不一样的情愫，那是属于我和她的缘分：儿时我们都住在鼓浪屿漳州路四十六号，鹭英年纪比我小，但比我住得久，她对鼓浪屿的记忆远比我丰满生动。

无论如何，我们拥有一份共同的记忆：漳州路四十六号。

鼓浪屿漳州路四十六号与四十四号、四十八号，在温医生娘林俊绵先生的回忆中，是一个整体，叫漳州路一百号，是龙溪人廖氏兄弟廖清霞、廖悦发的产业，信奉基督教的廖氏家族不单富裕还有教养，出过不少姓廖或不姓廖的医生，著名音乐家林俊卿是廖清霞的外孙，而林语堂是廖悦发的女婿……

不过，我们可以不谈名人。

这是一块丰饶的土地，在我们童年记忆中，有着无数鲜活生动的人物。漳州路四十六号，住着海关职员和救世医院的医生护士，那年头这些职业中有无数"灰扑扑"或"不红"的人物，我们楼下极有教养的刘太太一家便是，我家基本上是"黑"的，当时我感觉鹭英家有一点"红"，因为她父亲参过军。

但在鹭英的回忆文章中，亦不乏"变灰"之人，比如，她的姑姑，在那特殊年头，其命运惨烈无比；还有兢兢业业创办精神病院后来却遭遇不公的鹭英的父亲……鹭英叙述与自己血脉相连的亲人，朴实中渗着疼痛的血丝，这样的疼痛令人无言而陷入深思。

……

十多年前，在"鼓浪语"与鹭英重逢，大家都叫她欧阳，唯独我叫她鹭英，从小就这么叫。我居然不知道她会画画、写文章！

那天我们只谈到她的公公袁迪宝。袁迪宝的姐姐是娇小玲珑的袁德昭，是母亲救世医院的老同事，我们当时都叫她"袁护士"。袁护士的儿子我们都叫他"扁头"，"扁头"小提琴拉得非常好，有段时间，老弟跟"扁头"学琴，我天天陪他到鸡母山袁护士家拉琴。

鸡母山和笔架山我都是熟悉的。当然我更熟悉的是我们的漳州路四十六号。鹭英就住我们家对面，之前这里住的是与舒婷有血缘关系的龚医生一家，龚医生下班常拉小提琴解乏。后来，龚医生搬走了，欧阳希礼一家来了，欧阳希礼就是鹭英的父亲。母亲和希礼先生是老同事，后来希礼先生去江头参与创办厦门精神病院，但他们仍然是无话不谈的同仁，互相帮助是常有的事儿。

鹭英的外婆是南洋回来的，我们都叫她"老番"。老番眼睛圆圆的，鹭英和她的母亲眼睛也是圆圆的，非常漂亮！老番的儿子玛雄，有时会到漳州路四十六号来看母亲，他乌油肤色，喜欢逗乐，玛雄这个名字比较奇怪，后来，我竟擅自将他的名字用在小说中与他毫不相干的人物身上。童年印迹真是可怕。

如果没记错，第一次见到南洋纱笼，就是在老番那里。南洋气息浓厚的老番很有趣，女儿和女婿都在遥远的仙岳医院上班。家里就只有她和鹭英、阿波三个，鹭英说还有一个弟弟在父母身边。在我的印象中，鹭英是漂亮乖巧的女孩儿，身段柔软，阿波却出奇的顽皮，稍不留心就要惹事，老番有时就将他们绑在椅腿上，径自去龙头路买菜。

她非常爱她的外孙们，吃是不吝的，还有一些我看来很奇怪的做法，比如让孩子光吃咸鸭蛋（不许配饭），说是可以打蛔虫什么的，奇招怪招迭出的老番非常热心教母亲一些半番半中的生活技巧。

那年流行打鸡血。我家来克亨大公鸡相貌俊美，母亲注射技术也好，一时家里热闹得不得了，左邻右舍有小毛病的都来讨鸡血治病——就像医生们当年必须去相信针刺可以麻醉，物理老师必须相信压扁的水龙头喷出的水就含超声波一样，似乎所有的人都相信鸡血能治百病。这鸡血一定要来自健康的公鸡，就像食胎盘一定要男婴，母子还必须健康一样。那年头，有许多莫名其妙的幺蛾子，鼓浪屿并不是世外桃源。

我相信有明眼人，但竟无人说，或者是不敢说这样做有什么不妥。母亲优先为老番注射，然后才为我注射，儿时我关节常痛，据说肌注鸡血可以治疗，打了一段时间，我没事儿，当然关节也没好，老番却出状况了，可能老人免疫力低的缘故，她屁股上的针眼开始发炎。母亲的消毒是没有问题的，可能是异体蛋白排斥或其他什么问题，老番局部炎症相当严重。

很麻烦，她和母亲关系一下子就坏了，有一段时间，很僵。

但这位"番仔直"的老人家很可爱，后来"反帝医院"的人都去闽西了，我们偶尔回来，她热情得不得了，或许她忘了，或许"番仔"就是这样直来直去的个性，总之她是我儿时记忆中最鲜活的人物之一。

后来与鹭英相聚，她吃惊地问我什么叫打鸡血。居然不记得了，那时她太小了！打鸡血现在是颇时髦的形容词，那时可是所谓的"科学新发现"，打鸡血治百病！要不是亲身经历，真不敢相信。那是一段胡闹的时光，事实上中断了鼓浪屿一度良性的文明进展。

鹭英什么时候学的画？

我竭力回想，那明明是有天赋的人才画得出来的，音乐和绘画是需要天赋的，没有天分，努力无用，比如我，就永远与绘画书法无缘！鹭英显然很有天分，要不是被当年的"好单位"邮电局招工，她就去读鼓浪屿工艺美校了，那年头，工艺美校可不是那么好考的。

我们出生在荒诞的年头，基本上没读什么书，而意志比我坚强的鹭英，那个曾经幼小、柔弱、美丽的小女孩，不单画画，写文章，热心公益事业，风姿绰约，一路走来竟是如此丰润璀璨！

鹭英父母

鹭英和阿波，这是我记忆中的他们

鹭英，我们曾经拥有漳州路四十六号

采访中的欧阳鹭英（摄于二〇一七年八月）

老番、鹭英和阿波

老榕掩映的鼓浪屿漳州路四十六号，三楼楼梯这边是鹭英家，另一头是我家

后 记

这是一本关于厦门和鼓浪屿的故人与往事的书。内容主要是根据老鼓浪屿人的回忆，结合我本身的经历，通过文字、照片的形式来复活那段时光，讲述那些被人忽略的平民百姓的生活故事。

早在二〇〇九年，我加入"鼓浪语文化社群"的口述笔录小组，成员是林琳、白毅、大梁和我。我们的采访对象大多数是八十岁以上的老人，如今这些人有的已经离世。当我心里装着许多故事之后，就想用文字形式将它们描述出来。那几年，我正忙于写袁迪宝与李丹妮的爱情故事，二〇一六年我与袁雅琴合作的《用爱等一生》出版完成之后，很多人鼓励我再出一本专辑。正好林鸿东创办的微信公众号"鹭客社"成立了，在林鸿东的约稿下，我往公众号上发表文章，没想到这些平凡人物的故事很受欢迎，点击率也非常高。

他们是捡破烂为生的"臭贱姑"，敲着铜锣的活广播"铁人"，抓投机倒把的"顾啊"先生，慈祥、肥胖的"再会"老板娘，让人回味无穷的"鱼丸担子"，绅士精神病患者"阿空"等草根人物，文章里面把鼓浪屿平民百姓的生活和市井文化一一讲述出来。看了这些充满回忆的文章后，唤醒了人们对那个时代的记忆。

一些读者看了我的文章之后，主动与我联系，为我提供素材，比如《闽南圣教书局始末》《回忆亚细亚火油公司》《亚热带引种场的辛酸史》《鼓浪屿延平电影院》等等。这些故事主人公的家属们不仅提供照片和素材，也帮助我在撰写鼓浪屿人文故事中展开视野。如今我的使命还没结束，我还在继续收集有关鼓浪屿的人文故事，希望不久后还能出续集，也希望能够获得更多的故事来源以及得到读者的支持，进一步为鼓浪屿平民的故事填补空白。

欧阳鹭英
二〇一七年十二月二十五日

图书在版编目（CIP）数据

小岛尘事 / 欧阳鹭英著. —厦门：鹭江出版社，2018.3
　　ISBN 978-7-5459-1462-7

Ⅰ．①小… Ⅱ．①欧… Ⅲ．①回忆录－作品集－中国－当代 Ⅳ．①I251

中国版本图书馆CIP数据核字（2018）第033064号

XIAODAO CHENSHI

小岛尘事

欧阳鹭英　著

出版发行：	海峡出版发行集团		
	鹭江出版社		
地　　址：	厦门市湖明路22号	邮政编码：	361004
印　　刷：	厦门市万美兴印刷设计有限公司		
地　　址：	厦门市湖里区后坑社区西潘社322号A栋第一层之一	电话号码：	0592-5991681
开　　本：	889mm × 1194mm　1/32		
印　　张：	7.25		
字　　数：	154千字		
版　　次：	2018年3月第1版　2018年3月第1次印刷		
书　　号：	ISBN 978-7-5459-1462-7		
定　　价：	38.00元		

如发现印装质量问题，请寄承印厂调换。